『恐怖の霧』

アモンのからだが、その真の漆黒の闇のまっただなかにただひとつの
現実の存在のようにぽかりと浮かんでいる。(150ページ参照)

ハヤカワ文庫JA

〈JA723〉

グイン・サーガ⑨⓪

恐怖の霧

栗本　薫

早川書房

5167

A MENACING MIST

by

Kaoru Kurimoto

2003

カバー／口絵／挿絵

丹野　忍

目次

いま、どうしておられますか。ゆっくり、お休みになっていられますか。いい夢をみておいでですか。――もう、苦しいこともなく、見果てぬ夢や失われた自由に苦しまれることもなく……私はまだここにこうして生きています。私ひとり取り残されて、この広い無情な世界にこうしています。私の旅もたたかいもまだ終わる気配もなく――そこは静かですか。私を待っていてくださいますか……私がいなくて、ご不自由ではありませんか――？　大切なかた、私の、ただひとりの――

ヴァレリウス

〔中原周辺図〕

ナタール川
ヴァーラス湖沼地帯
ノスフェラス
ナタール大森林
ギーラ湖
ナタリ湖
ケス河
ユラニア
サイロン
ケイロニア
トーラス
ノルン海
アルセイス
ゴーラ
ロス
モンゴール
クム
リーラ川
カムイ湖
ワルド山脈
タリア
タリア
中原
ルーアン
イーラ湖
クリスタル
オロイ湖
アルムト
パロ
アルーンの森
ダル湖
カラヴィア
サルジナ
ダネイン大湿原
ハイランド高地
ドラス連山
ウル山脈
ルート
カムリ岬
ウィレン山脈
ラトナレン山脈
サーリスベリ
アグラーヤ
ランガート
アルート高原
カウロス
獅子原
ライゴール
レンティア
草原地方
トルース
トラキア自治領
リャガ
ヤガ
イフリキア
マハール
トルフィヤ
ヴァラキア
アルゴス
沿海州
アルカンド
アルゴ河
レント海

〔パロ周辺図〕

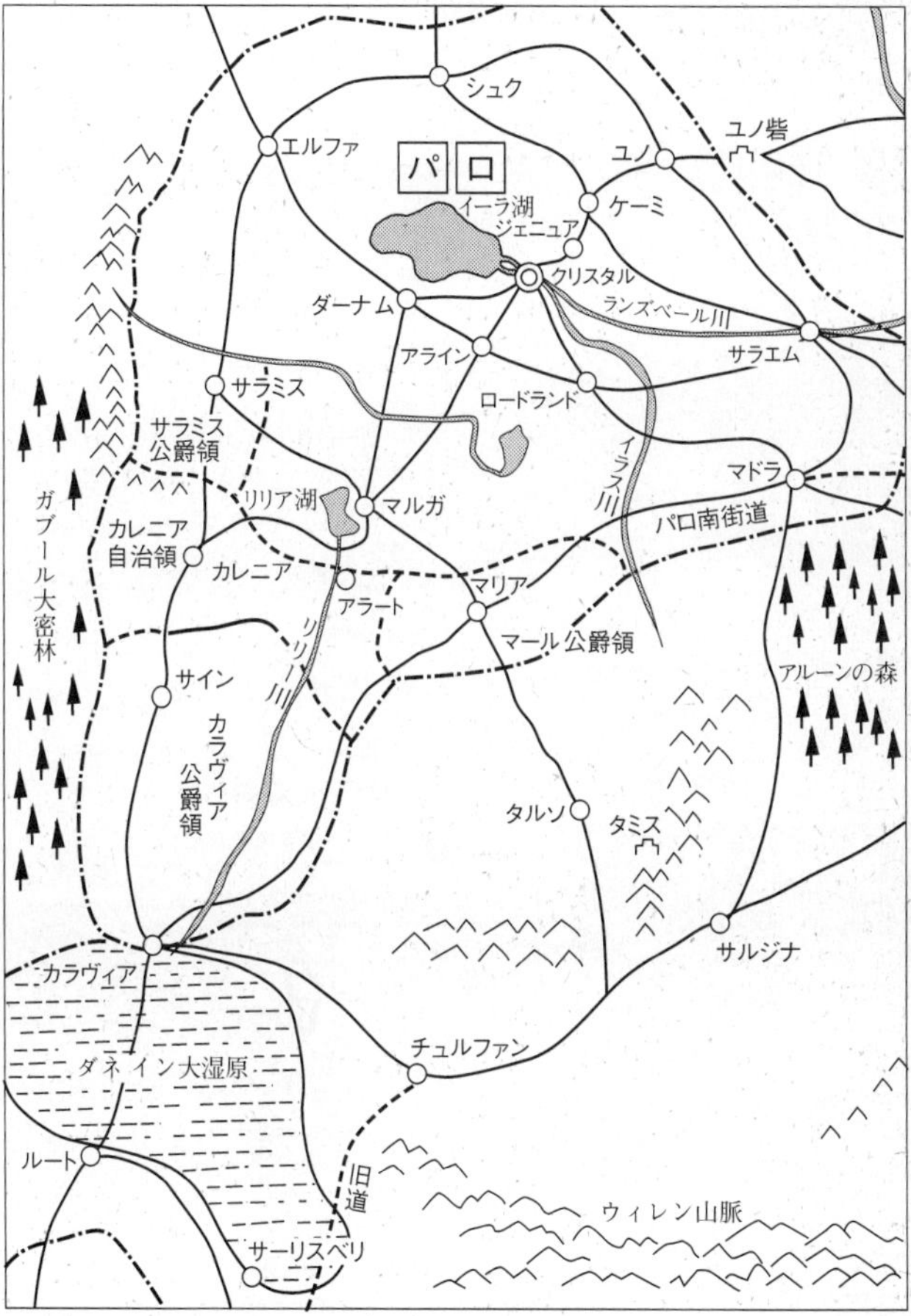
パロ
シュク
エルファ
ユノ砦
ユノ
ケーミ
イーラ湖
ジェニュア
クリスタル
ダーナム
ランズベール川
アライン
サラエム
サラミス
ロードランド
サラミス公爵領
イラス川
マドラ
ガブール大密林
リリア湖
マルガ
パロ南街道
カレニア自治領
カレニア
アラート
マリア
リリー川
マール公爵領
サイン
アルーンの森
カラヴィア公爵領
タルソ
タミス
サルジナ
カラヴィア
チュルファン
ダネイン大湿原
ルート
旧道
ウィレン山脈
サーリスベリ

恐怖の霧

登場人物

グイン……………………ケイロニア王
トール……………………ケイロニア黒竜騎士団将軍。グインの副官
ゼノン……………………ケイロニアの千犬将軍
ガウス……………………《竜の歯部隊》隊長。准将
リュース…………………《竜の歯部隊》中隊長
ヴァレリウス……………神聖パロの宰相。上級魔道師
ギール……………………魔道師
ユリウス…………………淫魔
グラチウス………………〈闇の司祭〉と呼ばれる三大魔道師の一人
アモン……………………パロ王子

第一話　魔の霧

1

クリスタルへ——

クリスタルへ。

街道をいっぱいにみたして、ひたひた、ひたひたと大軍はイーラ湖を大きくまわりこむかたちで、クリスタルとダーナムをつなぐ街道をはせのぼっていた。

結局、必死の警戒が功を奏してか、その夜は、レムス軍の奇襲はなく、また、ゾンビーたちの大群が深夜にグイン軍を襲ってくる、ということもなかった。だが、少なくとも、レムス軍は、そのねらいの一端ははたしたといってもよかっただろう。——すなわち、ダーナム市中を、ヴァレリウスの献策によって急ぎはなれ、だれもダーナム市中で夜をすごさぬように気を付けたグイン軍はまた、いつなんどきおそるべきゾンビーの夜襲があるかと、全員がびりびりと緊張して、い寝がてに過ごすことにはなったからである。

だが、まあ、鍛えられた軍勢のこととて、一夜くらいの睡眠不足はなんともない――そう、かれら自身は気にとめてもいなかった。

その一夜があけたときには、だがかれらは、かなりほっとしたのだった。意識するかしないかにかかわらず、やはり、闇のなかから、おのれがその日に斃した敵の死体や、まして同胞のなきがらが、おぞましい闇の生命を得て、殺されたときのままの無残きわまりないすがたでおそいかかってくる、などというのは、どれほど神経の頑丈なものであったとしても、とうてい、出会いたいようなことがらではなかったのである。

それゆえ、ぶじに一夜があけたときには、下っぱの兵士たちも、隊長たちも、また上のほうの指揮官たちもひとしなみに、おおいにほっと安堵の胸をなでおろしたのであったが――

「何ごともございませんでしたな」

朝まだきの丘の上にたち、下にきらめくイーラ湖の青を見下ろしながら、アトキアのトールがからかうように云ったのが、その夜があけたせつなのことであった。

「むろん、何もないほうがいいに決まっておりますが――いやいや、もう、わが黒竜騎士団も、あのようなゾンビーごときにうろたえてはおらぬ、というところを、陛下にぜひともお目にかけたかったのに、残念至極」

「残念がることはないさ、トール」

　グインはたくましい肩をすくめた。

「いずれいやでもまた、ゾンビーは襲ってくる。——というよりも、いつなんどきでも、襲ってきてもかまわぬように、心得ておかぬとあとが怖いぞ」

「それはもう、いやというほど」

トールは、云われなくてもわかっている、といいたげな顔をした。

「われらケイロニア騎士の最大の長所は、どのような事柄からも、すぐ学ぶ、ことでございますからな。二度は同じあやまちを繰り返さず、二度とは同じ敵に負けぬ、同じワナには二度とかからぬ、というのが、ケイロニア騎士団最大の鉄則でございますからね」

「それは、まことに結構な鉄則だと思うぞ」

グインの声は、いくぶんひややかな——といっても、相手はトールであるから、冷たいというよりは、トールの安心に水をさすような、とでもいったらよかっただろうが——響きをおびていた。

「それに、その鉄則をわが騎士団が墨守してくれるだろう、ということについては、俺とても何ひとつ疑っているわけではない。ただ、しかし、だな」

「ただ、しかし——何でありますか」

トールは、おのれの自慢の騎士団にけちをつけられたような気がして不服らしい。

「その鉄則にはひとつおおいなる欠落があるということさ」

グインは無造作にいった。思わずゼノンやガウスまでが首を突き出して、次のグインのことばを聞こうとする。かれら——ケイロニア遠征軍の首脳部の武将たちは、朝日がのぼりきる出発のときを待って、ダーナムとロバンのあいだにひろがるゆるやかな丘陵の上に集まっていたのだった。

「け、欠落——でございますか？」

「そう、欠落だ。……すなわち、その鉄則でゆくと、敵が同じ戦法でかかってくるかぎり、たとえ緒戦に遅れをとっても次のこぜりあいでは盛り返すことができる。また、わが軍ならば、おそらく、緒戦に遅れをとるといったところで、それがただちに全滅や、いくさの全面的な敗北を意味するまでの巨大な失点とはなるまい、それは確かだ。だから、そのやりかたはおおむね正しいといえる——ただし」

「ただし——？」

思わず、トールはごくりと唾をのみこむ。グインはそらすように笑った。

「敵が、あとからあとからあらたな奇手妙手を編みだしてきて、たとえ同じような戦法であろうとも、最初には我々がそうと気づかぬくらいに、たくみに擬装してまったくあらたな戦法とみせかけ——それを永遠に続けたら、我々は、最初の失敗に学んだことが生かせる前に、つねに遅れをとり続けなくてはならなくなる、ということだよ。――どうも、俺には、このたびにレムス――ないしレムスたちのやろうとしていること、というのは、そういうものなのではないか、と思われてならぬのだ」

「そ、それは……」

「我々は天下のケイロニア騎士団だ。云ってはなんだが弱卒ばかりのパロ兵など、たとえ人数で十倍していようと、よしんば魔道をもちいようと、たいていの場合は、われわれに正面からぶつかってかなうわけはない。――これまでのところ、どこでどうぶつかっても、武力対武力になった段階では、結局われわれが何の苦もなく勝利をおさめているることでもそれはわかる。――また、パロ軍も、かなり多いとはいえ、それこそ人数が十倍しているところまではゆかぬ。それゆえ、我々はじっさい、かなり有利だ」

「は、はい」

「それは、レムスたちにもよくわかっているはず――だからこそ、かれらは、あとからあとから、おのれの知っている方法をわれわれ相手にくりだしてきて、とにもかくにもわれわれを驚かせ、立ちすくませ、足をとめさせようとして、しだいに大きな痛打を与えられる場所へとおびきよせようとしているのではないか――それが、すなわち、クリスタルなのではないか。俺には、多少、そのような感じがするのだな」

「陛下――」

「レムス軍は、まずベック軍を繰り出してきた。これはまったくただの様子見、というか、まことにケイロニア軍がうわさどおり強いのかどうかを試してみようとしただけ、というようなふうに俺には感じられたな。ベック軍がすぐに崩れ立っても、レムス軍はただちに援軍を繰り出そうともせずに、しかも大将軍たるベック公がごくかんたんに我我の手におちるにまかせた。――おそらく、レムスにとってはもう、ベック公というのは、それほど利用価値がなく、あるいはむしろ、我々が引き取ってくれたほうが有難いような状態だったのかもしれん」

「そんな。あれは、ただ、陛下がすばやく、意表をついた行動をなさったからという……」

不平そうにトールが言いかける。が、グインは巨大な片手をあげて止めた。

「そしてその前にあのゼノン軍を襲ってきたゾンビーの夜襲があったな。あれではだいぶんさしものゼノンもうろたえた。――だが、もう、ゼノンはひとたびしくじったら同じ手にはかかるまい。つまりは、またゾンビーが攻めてきたとしても、我々はもう何がおこったかわかっているということだ。――そうすると、だがこんどは、レムスは、あの竜頭の騎兵たちを繰り出してきた。これまた、我々にたいして、それなりの効果――おどろかせるだけにせよな、それはあったと云わねばならん。……そして、もしヴァレリウスが忠告してくれなかったら、われわれはダーナムにとどまって夜をむかえ、ダーナムにとじこめられたまま、あの竜頭兵のゾンビーに襲いかかられる、というようなことになっていたかもしれん。――むろん、ダーナムに入ったのは全員ではなくケイロニア軍のごく一部だ。だがそのようにして、新しい奇手が襲ってくるたびに、動揺したり、何百人かが脱落したりしていたとしたら――いかに大軍といえど、勇猛なるケイロニア軍といえど、さいごには、かなりのいたでをこうむることになってしまうのは疑いをいれぬ。――まあ、待てというのに。……それに、あのめくらましの地震だ。あれにも、かなり我々は驚かされた」

「でもすぐにまやかしだと気づきましたよ！」

トールはむきになって叫んだ。

「陛下のおかげで！　もう、二度とだまされやしませんさ」

「そう、だが、次にはまやかしの津波がくるかもしれぬし、あるいは逆に、世にもうるわしい美女たちの群れが我々を襲ってくるかもしれんのだ。人間を竜頭の怪物にまやかしによって見せかけられる魔道なら、むくつけき騎士どもをうるわしい美女に見せかけることとても出来なくはないかもしれん。――竜頭の怪物によりも、うるわしい美女たちに襲われるほうが、ケイロニア騎士道の権化たちとしては、反撃に窮するのではないかな」

「そ、そりゃまあ」

トールは想像してみた。それから、首をちぢめた。

「そいつは、どうも一番まっぴらごめんですな。たとえどんなことがあろうと、俺は、いまだかつておのれの剣を女にむかってふりあげたことだけはないですよ。俺だけじゃない、まともなケイロニアの男だったら、誰一人、そんなことは夢にも考えたことがないに違いない」

「そう、それこそ、敵の狙い目かもしれんのだぞ」

グインは重々しく云った。

「相手が、まやかしで美女に見せかけられた兵士であるのならまだいい。――まことの宮廷女たちが魔道によって心をあやつられて、我々にむかって剣をふるってかかってきたらどうだ。たとえ、片手でとりひしげそうなかよわい相手といえど、それに対してこちらがいっさい剣をふるう気持になれぬのだとすると、これは、なかなかとんでもない難敵になってしまうかもしれんぞ。そのくらいのことは、敵は平気で仕掛けてくる、そう思っておいたほうがいい、ということだ」

「でもそれじゃあ！」

トールはそれでもなんとなく不服だったので、声をはりあげた。

「相手が次の手を編みだしてかかってくるまでは、相手が次にどんな手でくるのかわからず、そいつがその手でかかってきてそれをなんとか切り抜けても、全然それは次の参考にならんのかもしれない、ということじゃないですか！　それじゃ、いつまでたってもこちらは受け太刀ってことになっちまいますよ！」

「俺が云いたいのも、まさに、そこのところだよ」

おだやかにグインはいった。

「いままでのところ、我々は、おのれが受け太刀であるとはまったく思っておらぬ。だが、それがいささか俺には心配なのだ。じっさいには、われわれのしていることは、もしやして、レムス軍の思いのままに操られていることになっているのではあるまいか――となる。俺がもっともこの一連のいくさで不安に思っているのはまさにそのことなのだ。受け太刀であるとはまったく気づかないままに、いつのまにか、我々が、レムス軍のいいように仕向けられ、つつかれ、かりたてられて、クリスタルに向かっている――ということにならねばいいのだが、とな」

「………」

トールも、ゼノンも黙り込んでしまった。

遠征軍の司令官たちのなかで、ディモスの姿だけが見あたらぬ。ワルスタット侯ディモスは、ワルスタット騎士団を率いて、昨日の午後から、グインに命じられて別行動をとっている。その理由は、トールにも、ゼノンにも、知らされていなかった。

「まあ、それゆえ、俺としてはあまり急いでクリスタルに入城しようと焦るよりも、ヴアレリウスたち魔道師団と合流してから、その助言を受けつつクリスタルでの最終的な攻防戦に入るほうが賢いだろうと思っているのだ。もうひとつ、それなりに俺が試みていることもあるが、それがどういうふうに実を結ぶかはまだわからぬからな」

グインはいくぶん謎めいたことをいう。グインがこのような言い方をするときには、すでにそれについてあれこれ聞いてみたところで決してグインが口を開かぬことは、すでにかれらもみなよく知っている。あえて、「それは、どういうことか」などと追及しようともしなかった。

「まあ、だが、それまでダーナムで時間を浪費するつもりもない。ともあれ、ここからクリスタルまではいよいよかなり距離がなくなってきている。クリスタルは現在、パロ最大の魔都と化している、と考えて間違いはない。クリスタルに入る前に何を敵が仕掛けてくるか、充分にそれに対処する心構えをしておくことだ。それぞれの部隊に戻ったら、この先、どのような怪異があろうと、それもまたこの先のいくさの一部とこころえ、決してむやみとうろたえた行動をとるな、ことに、その場で反射的に逃げ出したり、隊列を乱したりすることこそが、全体の死を招くものだとかたく思っておくがいいと、よくよく言い聞かせておくことだ。下のほうの兵たちはことに、そうした怪異には馴れてもおらぬし、いかに言い聞かされてもなかなかに心構えも持ちづらいだろうからな」

「はあ……」

トールもゼノンも、ガウスもなんとなく互いに顔を見合わせた。それは、かれらの知っているいくさ、ケイロニアの勇士たちが馴染んでいる中原のいくさの様相とは相当に違っているらしい、ということが、だんだん、かれらにも感じられてきたのであった。

「ということは……これまでの、あの竜頭の怪物どもだの、ゾンビーどもだの……ああいうものも、全部、ひとつひとつが孤立したゆきあたりばったりの攻撃ではなくて、全部がよく考えられたひとつながりの、敵方の戦略であると考えて……まだまだあのようないやったらしいことがおこる、と考えなくてはいけない、ってことでありますな。陛下」

ややあって、ようやくトールが少し気を取り直したようにいう。グインはうなづいた。

「その通りだ。ことにダーナムについては、ヴァレリウスの進言があってまことのあやうい窮地を脱したようなものだ。──ヴァレリウスがきてくれなかったら、俺はその点には心づかなかったので、竜頭兵たちをたいらげたのちに、ダーナムをおのれの手中にした、と信じてダーナムで夜を迎えるためにトールの配下をさらにダーナムに入れていただろう。……そうしたら、あの竜頭の怪物たちが深夜にゾンビーとなって、ダーナムに駐屯したトールの軍を襲い、恐慌状態になった黒竜騎士団の精鋭たちが全滅とはいわぬまでも、大被害を出すようなことがあれば──相当に、ケイロニア軍の士気にもかかわっていただろう。……それとまた、ひとつの重大な問題と考えねばならんのは……」

「……」

「このところ、もはや百年以上にわたって、ケイロニア軍は、負け戦さというものを、まったく経験しておらぬ。このことにも、俺は先日そうしたことについて、陣中でしみじみと考えていてはじめて気づいたのだがな。常勝の軍隊というものは、きわめて強力であると同時に、逆に非常に脆弱でもある。常勝であるということは、負け戦さの対処のしかた、とりとめかた、つまりは『負け方』を心得ておらぬ、ということでもある。それは、いったんどうしようもない敗北に直面させられたとき、その敗北というものをまったく理解できぬということでもある。——といって、これればかりは、敗北を経験させる、ということも出来ぬからな。それゆえ、先日ゴーラ軍にゼノン軍が一敗を喫したのは、ことにゼノンのような若い者にとってはまたとないよい経験だと俺は思ったぞ」

「それは、おおせのとおりでありましょうが……しかし、面白くはございませんなあ」

ゼノンは不平の声をあげた。

「というか、おのれが情けなくて、いたたまれぬ思いで……もう一度だけやらせていただく機会があれば、二度とはゴーラ軍ごときに遅れをとることはいたしませぬ」

「というように、負けを知らぬ将軍ははやる。……それもまた、とてもあやういことなのだよ、ゼノン」

グインは笑った。ゼノンは、居心地悪そうに大きなからだをまるめたが、グインのことばをかみしめるように、それ以上何も反論しなかった。

巨大なルアーが東にのぼりきり、朝露がいっせいにもやとなって立ち上ってゆく刻限になると、ケイロニア軍は、ゆるゆると巨大な蛇さながらに赤い街道を動き出した。この街道はイーラ湖の湖岸にそってうねうねと蛇行しながら、あまり太くない赤いレンガ道となって、クリスタル方面へと続いている。左側は、青く光るイーラ湖の湖水のひろがりだ。その向こうに、遠い対岸の小さな村落の屋根が、緑深い森のあいだに見え隠れしている。

一日は、なにごともないかのように平和に、おだやかに始まろうとしていた。ダーナムの町は、かれらのうしろに、もうすでにいささかはなれたところにうずくまって、ひっそりと眠っているように見えた。事実、ダーナムはもう、当分目覚めることも、普通の町として生き生きと稼動することもないだろうと見えた。それは、いま、すでに住むものとてもない廃墟そのものとなり、その上に、昨日のいくさの戦死者たち、むざんな竜頭の兵士たち、パロ兵たちの死体が広場で焼かれ、焼き切れなかったものは地下室にとじこめられて、厳重に鍵をかけられ、そのままでおそるべき墓場となりおおせていたのだ。生あるまともな住人のすがたはまったく、ダーナムの町のすべての場所から消え失せていた。多少はまだ見られていた、地下室などに逃げ込んでいた住人たちも、トール軍が入ってきたときに逃げ出しており、ダーナムはいま事実上無人の廃墟の町だった。

ダーナムを見捨てて逃亡していった住人たちがこの町に戻ってくるには、おそらくまだかなりの時間がかかるのだろう。ダーナムと湖畔のロバンをつなぐ細い一本道にも、まったく往復する人間のすがたも見えず、また、ここから見下ろすかぎりでは、イーラ湖の湖水の上にも、往復しようとする船や小舟、漁師の魚とり舟の姿も見えない。イーラ湖もまた、青々と湖水を朝日に輝かせながら、妙にしんとしずまりかえっている。まるで、この軍勢がゆくさきざきにおそるべき破滅と静寂とをまき散らしながら進んでゆく、すさまじい破壊力をもつ征服者でもあるかのようだった。

「出発しよう」

完全に、朝日が昇りきったのを見届けてから、グインの口からようやく重々しい命令が洩れた。

「ここでヴァレリウスたちの到着を待つのは、いささか無防備すぎる。ここはダーナムに近すぎる上に、湖水が近くにあるというのも俺には気に食わぬ。ダーナムとイーラ湖のあいだにはさまれている、というのは、俺には、魔道王にとってはたいへん格好のワナをしかけやすい場所にわざわざとどまっているように感じられてならぬのだ。水もまた、夜と同じように、まやかしを運ぶのにねがってもない素材だからな。——ともかく、ダーナムを離れることにしよう。今日の進軍は、あまり急ぐことはない。だが油断せず、あと、互いにたえず連絡をよくして、決して一部隊だけ、ひとつの小隊や中隊だけ気が付いたら孤立している、前にもうしろにも味方のすがたがなくなっている、などということがないように気を付けろ。また、特に、霧が出てきたり、雨や嵐が襲ってきたような天候の急変が見られたら、ただちに、それが本当に他の部隊にとっても起こっていることかどうか、伝令で前後の部隊と確認しろ。そしてもし、連絡がとれなくなっているようだったらただちに、どのようなことをしても他の部隊と合流するのだ。また、俺からの伝令が半ザン以上届かなくなったら、おかしいと思い、ただちに他の部隊と合流をはかるようにたえず気を付けていろ」

「陛下は、だいぶん、神経質になっておられるようだ」

そっと、トールはガウスにささやいた。

「こんな、陛下のようすはこれまで見たことがないな。あの豪胆きわまりない陛下がこれほど気を立てていられるのをみると、なんとなく心配になってくる。とんだ弱卒ぞろいの弱っちい軍勢だと、レムス軍のことは頭からなめてかかっていたが、陛下のごようすをみると、どうも、あまりそんなふうに安心してしまうには早すぎるようだな」

「それはもう、陛下は何もかもよくご存知なのですから」

ガウスはむしろ誇らしげにささやきかえした。ゼノンも重々しい表情でうなづいた。

「陛下は、キタイまでも単身冒険行にいってこられたかたですし、魔道のことについても、我々よりもはるかにご存知のはずです。とりあえず、我々は魔道には詳しくないのですから、陛下のおっしゃることを墨守し、必ず陛下のお指図をうかがってそのとおりに行動していれば大丈夫ですよ」

「そりゃあ、もちろん、いつだって、そうだったんだからな」

トールは肩をすくめた。

「だが、それにしても、こんな晴れた気持のいい朝に魔道だの、まやかしだのってのはどうもなあ——少なくとも、きっすいのケイロニアっ子にゃあ、相当向かない話だとは思うけどな。何にせよ、こんなけったいでけった糞の悪い戦さはとっとと勝ちをおさめて、なるべく早くこんな魔道の王国なんて俺たちケイロニア人には不向きな場所から、脱出したいもんだよ。そうだろう」

「それはもう……」

ガウスは心の底から賛成した。ゼノンも大きく青い目をまたたかせながらうなづいた。

「本当にその通りです。——でも、とにかく、昼間のほうがまだ多少は安全なような感じがしているのですがねえ、私は。それもまた、陛下にうかがったら、そんなことはまったくない、といわれてしまうただの錯覚なのでしょうか」

「さあなあ……」

トールは疑り深そうに、美しく晴れ渡った青紫色の朝の空を見上げた。

ここからだと、まだクリスタル市街の尖塔のかげさえも見えぬ。そのあいだに、かなりたけの高い森林と小さな丘陵がいくつか転々としているのだ。そして、イーラ湖の対岸には、ごく小さな家々が点在する漁村がいくつかあるだけでしかない。ことに、ジェニュアが近くなるイーラ湖の東端にむけては、ぐっと木々が深く茂り、ルーナの森へと続いてゆく。

じっさいには、クリスタルへはその気で急げばもう、一日かからずに着ける程度の距離でしかないことは、昨夜の軍議で地図を精密に研究していたので、かれらにもよくわかっていた。だが、グインは、あくまでも、クリスタル市内に入るには、ヴァレリウスと、彼が率いてくるはずの魔道師軍団が不可欠だと考えているようだ。

ワルスタット侯ディモスはワルスタット騎士団を率いたまま、どこへ向かったのか別行動をとっていたし、カラヴィア公アドロンの軍勢も脇街道へ入ってすがたを消してしまっていた。そして、イシュトヴァーン率いるゴーラ軍もまた、まったく別のルートをたどっているらしい。ゴーラ軍については、グインには何かたくらみがあるのかもしれないが、それはトールたちには知るすべもない。いずれにせよ、ケイロニア軍主力は、いま、孤立した状態にあった。それが、グインの慎重な――というよりもかなり神経質な態度とあいまって、トールやゼノンたち、百戦練磨の武将たちをも、かなり心細い気持にさせていた。何よりも、敵の領土のまっただなかにあって、その本拠地にいよいよ近づきつつある、ということよりもさえ、魔道のおおもと、みなもとにいまや近づこうとしているのだ、という不安のほうがずっと強かった。

「くそ。来るなら来い。こうなれば、どんなことだって、どんと来いだ」

トールは強がるようにつぶやいた。青紫のやわらかな空と、そしてきらきら光るイーラ湖の湖水と、その湖岸にそってひろがる美しい赤い街道と深い森林との風景は、だが、何ひとつ戦いなどとは縁もないかのように、ひっそりと静かであった。

2

しばらくは、だが、何ひとつ、かれらケイロニア主力軍をおびやかすような出来事はおこらなかった。

赤い街道はなだらかにひろがり、赤煉瓦の道は長年踏みならされてすっかりすりへってやわらかなうすい色合いに変化していた。

イーラ湖の湖面で、魚がはねる。ぽちゃんと水しぶきがあがる。けさは、イーラ湖の魚をすなどる漁師たちの舟もまったく出ておらぬようだ。

ダーナムの町はすでにとっくに見えなくなり、その町のもっとも高い尖塔のさきが何本かかろうじて、背後の森のなかから見えているくらいだった。すでにもっともしんがりをつとめるトールの軍の大隊も、ダーナムをはなれ、深い森のあいだに入ってきている。イーラ湖畔もこのあたりはあまり大きな町も村もなく、森が深くひっそりとしている。クリスタルから四方八方へむかう赤い街道の、ダーナムは南下する側のひとつのかなめとはいうものの、じっさいにはアラインのほうがはるかに大きな町として栄えている。そしてダーナムとアライン間には、あまり大きな町がない。

ダーナム、アラインをこえたあたりからは、ゆたかで美しい、《パロの穀倉》と呼ばれるイラス平野のひろがりが始まるのだが、イーラ湖の周辺は、比較的森の多い、大きくはないが起伏の多い地形で、あまり田園地帯がない。その上に、うちつづく内乱のために、クリスタルとマルガ、二つのパロの政府をちょうど結ぶ、ダーナムとアラインを両端とする逆三角形の周辺は、何回も踏みにじられ、住民たちもとっくに避難してしまっているものが多い。イラス川と南イラス川、二本の比較的大きな川のあいだはことに、もっとも二つの勢力がたびたび激突したところであるので、荒廃もまたはなはだしいのだった。

グインは、この朝は、軍勢を急がせようとはせず、ゆるゆると、イーラ湖にそってダーナムからクリスタルへの街道をのぼっていった。途中で何回か休憩をとり、そのつど、相互の連絡を確認しながら伝令をやりとりし、いつにないほどの慎重な行軍ぶりであったが、ケイロニア兵たちも、あらかじめそれぞれの部隊の隊長たちから、このいくさが、これまでかれらの知っていたものとはかなり様子が違うこと、それをよくよく念頭においておかねば、気が付いたときには思わぬ窮地に陥っているかもしれぬこと、をしっかりと申し渡されていたから、それを少しも不思議には思わなかった。

「が、とりあえずのところ、日中はさしもの魔道王も何もしかけては来ぬようですな」

ガウスが、いささかほっとしたように、何回目かの小休止のときにいう。そろそろ、中食《ちゅうじき》の時間であった。

「まあ、いままでのところはな……解せんな」

グインは、それが、なんとなく、解せぬ、とでもいうかのように、目を細めて、空を見上げる。街道はちょっとイーラ湖から離れはじめ、ずっとこれまでの午前中の行軍ではつねにかたわらで光っていたイーラ湖の青い湖水はほとんど見えなくなった。木々の切れ目にところどころ、鮮やかな瑠璃色のきらめきがのぞけるだけで、あたりは、平原の多いパロの中部には珍しいほどの森林地帯の光景と化している。

きわめて鮮やかなエメラルド色をした小鳥が、紅玉色の目をきらめかせながら、ぱっと木々のあいだから飛び立つ。飛び立つまでは、それは葉っぱの一部としか見えぬ。それをまるで追うように、巨大な茶色の獰猛そうな鳥が空中に躍り上がる。その折れ曲がった嘴に、一瞬でくわえられて緑色の小鳥が甲高い鳴き声をあげる。次の瞬間にはもう、茶色の鳥は小鳥をくわえたまま枝のあいだに見えなくなっている。下生えのなかを、ケイロニアでは見たことのないうす紅色の森トカゲがかけぬけてゆく。下生えのあいだには、白い小さなマリニアがこぼれるように咲いている。

「何もないほうが、よろしいではございませんか、陛下」

ガウスが笑った。

「何もないので、ご無念でもおありになるようなおことばで」

「そういうわけではないが――」

グインは、今回、いつものように、おのれの精鋭を先鋒としんがりとの真ん中におかず、自らが親衛隊《竜の歯部隊》を率いて、もっとも先を進んでいる。そのあとにゼノンの金犬騎士団、そしてあいだに伝令部隊の予備隊と輸送部隊を入れて、しんがりを守っているのがトールの黒竜騎士団である。ワルスタット騎士団の離脱で、ケイロニア軍は、いまのところ二万を割っている。それでも、このひっそりとした森かげをゆくには、普通の日々では想像もつかぬような大軍である。

「何か、まだ、お気になられることでも」

「いや……」

グインは首をふった。それから、ふと、珍しい疲れでも覚えたかのように、肩に手をやり、上を見上げた。

「静かだな」

その口から、つぶやくようなことばがもれた。

「は――？」

「静かだな、といったのだ。――静かだ。静かすぎる」

「はあ……さようでございましょうか……」

「森というものは、もっと——ざわめいているものだと、俺は思っていたのだが——いや、いい」

グインはガウスに首をふった。

「おぬしらをいたずらにまどわして気を立てさせるのは本意ではない。まあいい、何もなければ、何もないにこしたことはないのだからな。べつだん、俺とても、好んで怪異に起こってほしいなどとは金輪際、思いはせぬからな」

だが——

まるで、グインのそのことばを、森がきいてでもいたかのようであった。

小休止を終え、また行軍開始が告げられる。——その、直後であった。

「陛下」

伝令があわただしくグインのもとまで馬をとばしてきた。

「しんがりのトール軍よりのご報告であります。——霧が出て参りましたようです、とのことで」

「霧が」

グインのトパーズ色の目が細くなった。

「ガウス。どうだ」

「このあたりは……まだいっこうに、そのような……霧などの出てきたようすではございませぬが……」

「霧といえば、湖上なり、朝の朝靄なり、なんらか水気のある場所ででもあれば格別――今日はこのようによい天気の上、もうルアーも中天に高い昼――」

グインは、じっくりと検分するように空を眺めながら、

「どのような霧だといっている。とりあえず、先鋒と本隊は進軍を停止し、しんがりが追いつくのを待てと伝令せよ。それから、霧についての報告をもっと詳しくだ」

「かしこまりました」

いっせいに、先鋒軍は停止し、命令が次々とうしろの軍に伝えられ、そして伝令がいっせいに馬をかって飛び出してゆく。グインは、かなり気がかりそうな目を、まだ何も見えぬ、軍の最後尾のほうに向けた。

「ガウス。《竜の歯部隊》をいつでもただちに戦闘態勢に入れるよう、総員戦闘準備だ」

「は」

ガウスは聞き返さない。グインの命令には、どのようにとっぴなものであったとしても、どのように納得がゆかなくても、とにかく一切聞き返すことなく従う。《竜の歯部隊》はそのように訓練されている。

「また、うしろに援軍にゆけるように、とりあえず五十名を別枠に待たせておけ。馬の

用意をして、俺が命じしだい、トール軍の応援に向かえるよう準備だ」

「かしこまりました」

「それから、伝令。ゼノン軍に、輸送部隊と伝令部隊をまんなかに、円陣を組むようにして護衛してやれと伝えろ」

「はッ！」

「陛下！」

馬をとばして、第二の伝令が報告にかけ寄ってきた。まだ、さきほどの伝令の応答をもってきたのではなく、トールが気を利かせて送り込んだ詳細報告の伝令であった。

「霧は乳白色をしており、なんだかねっとりしているような気がする、というのが、トール将軍のご観察であります。霧は湖方向からわいてきて、そして森の側へ流れてきて、トール軍のあたりで非常に濃くなっているが、前のほうでは霧がかかっておらぬのか、だとするとこれはかなりの確率で魔道的な異変事と思われる、とのことであります」

「ガウス、リュースにさきほどの五十名を連れて、トールの援護にゆかせろ」

グインは命じた。

「かしこまりました！」

「ギールどの。ギールどの」

「はい。ここに」

「このあたりにはまだ、まったくないが――しんがりの部隊に、霧がまいてきたようだ。これは魔道のものか、それともただの自然現象か？」

「少々お待ち下さい。――うしろのほうで、魔道の念が強くなっております。魔道がかかわっているのは確実と思われますが」

「霧か」

グインは考えこんだ。いずれ、魔道による攻撃が再開されることは十二分に予期していたが、霧、という攻撃の仕方は、予期もしていなかったわけではないにもかかわらず、どのように対処したらよいのか、いざ起こってくるとなかなかに判断がつけにくい。

「その霧そのものが毒の霧で、致命的なものである、あるいは、それにまかれると何か命の危険はないまでも、催眠術にかかりやすくなる、というようなことはあるか？」

「ある――と思います」

ギールは慎重に考え考え答えた。

「白魔道でも、霧によってものごとを隠蔽したり、間違った方向へ誘導したりすることはよくございます。人工的に霧を発生させるのは魔道ではそれほど、珍しいことでも、また、非常に強力な魔道というわけでもございませぬ。――主としてそれは、軍勢の前後を切り離したり、ひとにめくらましをしたり、という、撹乱のために用いられる軽い魔道でございますが」

「軽い魔道なのか？　その霧そのもので、いのちにかかわるような場合もあるか？」

「黒魔道だと、ございますが……いまここから感じる、しんがり方向の魔道の念は、そこまで強くも、邪悪でもございませんが……」

「ということは……どういうことだ——」

グインがつぶやこうとしたときだった。

「陛下！」

ふいに、近習が数人走り寄ってきた。

「陛下、このあたりにも——こちらにも、霧が出てまいりました。いかがいたしましょうか」

「来たか」

ゆっくりと、グインはつぶやいた。

それから、かるくうなづく。

「そう来なくては面白くあるまいさ。クリスタルの都にただ、漠然と我々を引き込むのでは、魔道王としてあまりにも、芸がないと云わねばならぬだろう。——ギールどの、この霧、まことに、毒の霧だったりという可能性はないのか」

「それは、ございませぬ。それだけは、断言いたしますが——ただ、この上濃くなりますと……動きはとれなくなりましょうし……」

「それは、わかっている。それが、相手の狙い目なのだろうなということもわかる」

グインは、用心深く、馬を歩かせて、赤い街道をちょっとうしろのほうへまわった。

グインの巨体を乗せてゆくのは、草原の名馬といえどなかなかに疲れる。それゆえ、グインの召し馬は十数頭が用意され、大事なときと、通常の行軍のときとにわけられている。さらにグイン当人が騎乗するときと、二頭だての馬車をもちいるとき、四頭だてをもちいるとき、などとそれぞれにわけられている。きょうの、グインの馬は、草原の名馬の血をひくエルス号であった。フェリア号の兄弟であるが、フェリア号よりはやや小さいので、重装備をしたグインをのせて戦場に出る任務にはむかない。長時間の騎乗も無理だが、おだやかな行軍ならば、二、三ザンのあいだなら元気よくつとめることができるのだ。もう半年もたてば、フェリア号と交替で、グインの戦闘時の乗馬として正規の戦力になるだろう。膝から下以外の全身が黒く、額のところにだけ白い星のある美しい若駒である。

あわててガウスが数人の騎士をひきいて、その護衛につきしたがう。グインは、だが、首をひねった。

「霧か。——ふむ、よくわからぬな……」

どのあたりが一番そのあやしい霧が濃くなっているのか、確かにうしろをふりかえると、いまや、もやもやとたってきた乳白色の霧で、街道がなかばけむってしまって、友軍がみな見えなくなりかけているので、霧が出てきているのはよくわかるが、だがじっさいに近づいてゆくと、そこまでは見える。どこからが霧にまかれているのか、非常にわかりにくいのだ。

「まあ、霧というのは……もともとがそうしたものであるには違いないが……」

「陛下」

ガウスが心配していう。

「なるべく、《竜の歯部隊》の本陣にお戻りになったほうが……」

「あまり、この霧そのものが危険だ、という感じはせぬのだがな。誰も、倒れたり、頭痛を訴えてきたりするものもおらぬようだし」

また、ゆっくりとエルス号を歩かせて戻ってきながら、グインはつぶやいた。

「それがいまひとつ、わからぬ。……それともこれは、この霧に乗じて何か仕掛けてくるためのワナかな……」

「わな——」

ガウスが聞きとがめたときだった。

また、伝令が、こんどはグインが本陣に戻るまで待っておられなかったように、探しにかけてきた。

「陛下ッ！　ご報告であります。トール将軍より、目の前がたいへん濃い乳白色の霧に包まれつつあり、一歩も進めなくなってきた、とのことであります」

「分断作戦、ということか？」

グインはつぶやいた。

「かがり火をまずひとつともさせてみろ。万一にも、油分を含んだ霧だったりすると――どのようなことも魔道ではおこりうるわけだからな。霧に火が燃え広がったりしたら大惨事になる。まずは、慎重に試しつつ火をつけてみて――大丈夫なら、松明を合図に、こちらとともにかくなるべく接近し、合流しておけと返事だ」

「かしこまりました！」

「ギールどの」

グインは魔道師を呼んだ。

「黒魔道と白魔道というのは、たしか、念によって見分けがつくのだといわれたな」

「はい……つかぬ場合もございますが」

「これは、それほどに邪悪な黒魔道の霧、という感じはせぬわけだな」

「はい、いまのところはいたしませんが――ただ、あまり、よくない予兆のような感覚はいたします。何か、霧そのものにではなく、霧の向こうにかくれて近づくものがあるのではないかという気は、かなりつよく、いたしますが……」

「ゼノン将軍からのご報告です。――ゼノン軍の周辺にも、霧がたいへん強くなり、馬が非常に気が立って騒ぎ出しているということでございますが……」

「馬が？」

グインはいくぶん、いぶかしげな声をあげた。

「だが、このあたりへは……何の音もしてこんぞ……」

ゼノン軍だけでも騎士は二千人はいる。それが全員騎乗しているのだ。その馬たちがいっせいに騒ぎ出したのだったら、かなりの鳴き声、いななき、騒ぎが伝わってくるはずだろう。だが、グインたちの周辺は、ひっそりと、まるで耳のなかに綿でもが詰め込まれてしまったかのようにしずかである。さきほどと何ひとつ、変わったことがおきているようでもない。ただ、目のまえを、うずまきながら、足もとをひっそりと流れ過ぎてゆく乳白色の、ちょっとねっとりした感じの霧が、だんだん濃くなってきている、ということだけだ。

「気に入らん」

グインはつぶやいた。

「ギールどの。上からこの全体を見下ろすということは出来ぬか。全体を見てみたら何かわかりはせぬか。霧にかくれて、そのうしろから敵軍が近づいたりしておらぬかどうか、そのへんを特に注意して見て報告をいただきたいが」

「かしこまりました。ただいま調べて参ります」

ギールはひょいとその霧のなかにとけこむように消えた。

グインはかなり緊張したおももちになっていた。そのまま、《竜の歯部隊》の本営の中心に戻り、《竜の歯部隊》の騎士たちをすべて、おのれのまわりに呼び集めた。

「なるべく互いにくっつきあい、何があってもすぐ声でなりわかるように応答しあっていろ。ゼノン軍のその馬のさわぎというのが、ここまでちっとも聞こえてこないのが気になるし、それに、我々の軍の馬のほうはまったく騒いでおらぬのも気になる。……トール軍との連絡はまだとれるか。伝令を次々とくりだし、ひっきりなしにあちらの様子をきき、こちらの命令を伝えて、連絡がとぎれぬように気を付けていよ」

「はいッ!」

「飛燕騎士団の伝令部隊の半数を全部こちらにこさせろ。――残り半分は、トール軍とゼノン軍の連絡を循環でとらせておけ。というか、トール軍とゼノン軍には交互の連絡は出来ているのかときいてやってみろ」

「かしこまりました」

ギールがいきなり姿をあらわした。

「陛下、遅くなりました」

「これは、ただごとではございませぬ。上空から見下ろしましたところ、このあたり一帯が、白いかたまりのような霧に包まれてしまって、上からは何も見分けがつかなくなっております。――まるで、白い巨大なかたまりの雲が三つあるようです。――その三つがそれぞれに、陛下の軍、ゼノン軍、トール軍のようです。ただし、上から見たかぎりでは、それで森林地帯のなかに、レムス軍が伏せてあるというようなきざしは一切ございませぬが、ただ、ただ……」

「ただ？」

「イーラ湖のほうに、ちょっと……大きな波がたてつづけにおこっているのが気になります」

「大きな波がイーラ湖に、だと？」

「はい。それが何を意味しているのかはよくわかりませんが……でも上空からみると、赤い街道の上に、細長い白いかたまりが三つあり、その三つは完全に切れてしまっております」

「陛下ッ！」

かけもどってきたのは、最前、トール軍にむかって出ていったはずの伝令だった。

「いかがしたらよろしゅうございましょう！――霧で、馬が動けません。怯えて、動きません。そこで、馬を捨てて徒歩でとりあえず、中軸軍へ伝令にと思いましたところ、霧で目のまえがまったく見えず、どこにゼノン軍がいるのかもまったくわかりません！声をかけても聞こえぬようです。こちらからも、ゼノン軍の声や物音がまったく聞こえません。霧は、ゼノン軍とのあいだくらいでひどく濃くなっていて、何も見えなくなっていて、動きがとれません。──ましてや、トール軍とのあいだには、もうほとんど連絡がとれなくなっているようです」

「来たな」

グインは唸った。

「今度はこういうことか。ふむ、ギールどの、トールないしゼノンと、心話でなり、あるいは直接《閉じた空間》で移動して連絡がとれるかどうかやってみていただけるか」

「かしこまりました」

ギールは姿を消した。が、すぐ戻ってきた。

「陛下」

ギールのフードにかくされた顔のなかに、かなり激しい緊張が見える。

「この霧──白魔道のと申しましたが、ただの白魔道の霧でもないようです。この霧の切れ目を探してずっと上にのぼっていってみましたが──さきほどは、上に五タールばかりのぼればすぐに霧が切れて空や、なにごともないまわりの光景が見えましたが、いまのぼったところ、かなり上にいってもずっと霧が濃いままで何も見えません。トール軍ともゼノン軍とも交流ができません。──ただし、心話はなんともありませんが、トール将軍もゼノン将軍も心話のすべはご存知ありませんので、にわかにお話をしかけて驚かれ、それも敵方のワナと思われてもと思って、心話が通じることを確認しただけで、ご連絡はとっておりません」

「そうか。それもそうだな」

グインは唸った。

「あらかじめきゃつらにも、心話について馴れさせておく必要があったな。が、ということは、我々はいま、この霧で立ち往生させられた上に、ゼノン軍とトール軍とそして俺の軍とに、三つに分断されてもはや、たがいに連絡がとれなくなっているということか？」

「そのようでございます。陛下」

「出した伝令は、ということは、どこにも到着していないのか」

「そういえば、最前から、戻ってくる伝令や、トール将軍、ゼノン将軍からさしむけられた伝令が来なくなりました」

ガウスが緊張したおももちでいった。

「陛下――？」

「ウム……なるほど、これは、動きがとれぬようだな」

グインはふたたび唸った。

「なるほど、魔道王か！――なるほどな、魔道だけでもそれなりの戦いぶりは出来るぞ、というわけだな。……なるほど、それを知っただけでもまあ、ここまでやってきた甲斐はあったというものだろう」

「陛下――」

ガウスは、（そんな、のんきなことをおおせになっている場合では！）とのどまで出かかったことばを、かろうじて飲み下した。

が、グインは落ち着いていた。

「あわてるな、ガウス」

その口から、短い沈着なことばがもれた。

「この魔道は、それだけでただちに直接こちらのいのちに別状があるものではなさそうだ。だとすれば、この魔道の狙い目というのは何よりもまず、我々をうろたえさせ、動揺させ、そして逆上させることにあるのだと思わねばならんぞ」

3

「は——はッ……」

グインの落ち着いたことばには、ふしぎなくらいひとを鎮静させる作用があった。ガウスは額の汗をぬぐい、大きく首をふって、落ち着きを取り戻した。

「かしこまりました！　陛下のおおせのとおりであります。部隊のものどもにも、そのとおり申し聞かせます」

「それがよい。ギールどの、最初はなにごとか、これも魔道かとうろたえ騒ぐかもしれぬが、すまぬがトールとゼノンとに、心話で、『うろたえるな、落ち着いて情勢を見て対処せよ！』とだけ送り込んでおいて下さらぬか。それならば、たとえこれも魔道のワナかとうろたえたにせよ、そのことばの意味さえわかれば、いまひとつ落ち着くだろう」

「かしこまりました」

「ガウス、《竜の歯部隊》から百名ほどを、俺の周辺にかたく密集させせよ。そして俺が動き出しだい、ただちに俺の命令を大声で伝達しつつ、俺と同時に動き出せ、そしてとにかくなんでもいいから俺についてくるようにと命じておけ」

「はッ！」

「さて、どこから、どう仕掛けてくるかな……いっそ、それもまた楽しみと云わねばなるまい。このままでは、ただ我々を足止めすることが出来るだけだからな……当然、いくさであるからには、直接になんらかの方法で攻め込んでこなくてはならぬところだ」

グインは、耳をすまし、五感を最大限に周辺にむかってひろげるように、深々と息を吸い込んだ。それから、ふと、首をかしげた。

「どう、なさいました？」

「この霧には、何かのにおいがまぎれこんでいるような気がする。……いや、油だの、その種のものではない。だが、どこかでかいだことのあるような……」

「没薬のかおりではございませぬか？」

ギールが心話の連絡を終えて云った。

「没薬は人の心を沈静させ、場合によっては鎮痛剤の役目もし――黒蓮の粉ほどではございませんが、魔道にかかりやすくいたします……確かに、この、一種東方の寺院の香のようなかおりは、没薬の種類ではないかと……」

「すると、この霧にまいておいて、なんらかの催眠術にでもかけてくるつもりか？　が、これだけの人数を……」

言いかけたときだった。

「待て！」

グインはふいに自らさえぎった。同時に手が腰の大剣に走った。

「なんだ、あれは！」

グインが、叫ぶと同時だった。

「ワアアーッ！」

激しい驚愕の叫びが、さしも鍛えられた精鋭ぞろいの《竜の歯部隊》のなかからもあがった。

あたりはすでに、乳白色の霧につつまれている。その霧は通常の霧とことなり、ねっとりと濃く、いかにもいのちある霧、というようなぶきみな印象をあたえている。その、霧のなかから——

ふいに、上空から、ぬっと霧をついて首を出したのは——

おそろしく巨大な、それこそかれらの視界を半分以上もさえぎってしまうほどに巨大な、馬にも似て、馬ではない奇妙な東方の怪物の頭部——竜の頭部であった！

ずらりと並んだ凶々しい牙がむき出された口が耳まで裂け、炎のように燃える真っ赤な双の眼がケイロニア兵たちをにらみつけている。その口からほとばしる息は炎のようにあつく、その長々と伸びた首はあやしい緑色がかったうろこにおおわれ——

「わあああ！」

「化物だ！」

「竜だ！　り、竜の化物だあ！」

あの、三タールばかりの竜頭の騎士たちにさえ、眼がその弱点とグインが教えるまではさんざんに悩まされ、怯えたかれらである。それの数倍の巨大さをもつ怪獣が、ぬっと首を突きだしたのだ。たちまち、すさまじい怒号と恐慌がまきおこりかけたが——

「落ち着け！」

すかさず、グインの声がとんだ。

「これもまやかしかもしれぬぞ！」

そう、グインが叫んだ刹那であった。

ふいに、ぐーっと霧のなかからのびてきた、竜の牙がくわっとあき、もっとも手近にいた騎士のひとりの胴体をぱくりとくわえ、そのまま、ぐいとその長い太い、馬の胴体ほどもある首をふりあげて、騎士を口にくわえたまま、また霧のむこうに消えてしまったのだ。

「わああ！　トムがさらわれた！」

同じ隊の兵士が金切り声をあげた。

「化物だ。化物がトムをさらった！」

「矢だ。矢をいかけろ！」

「待て！」

またしてもグインの怒号がとんだ。

「矢を射てはならん！　この霧のなかだぞ。きゃつにあたるよりはるかに、仲間にあたる確率のほうが高い！」

「し、しかし陛下！」

「まだ、解せん。――きゃつがまことの怪物かどうか――」

やにわに、グインは馬から飛び降りた。

「どいていろ。俺が様子を見る」

「陛下ッ！　あぶのうございます！」

「どけ。魔道には俺がもっとも強い」

グインはうろたえる親衛隊の騎士たちをおしのけるようにして、霧の限界にむかって突進した。

「お前らは動くな！」

うしろにむけて命令がとんだ。

「俺は無理はせぬ。様子を見るだけだ、そこで待っていて、次の命令が出しだいそれに従え！」

「はーッ！」

「うぬ……」

　グインは、霧のなかを、竜の消えた方向にむかって走り出した。霧は、兵士たちのあいだでは、足もとからすでに膝、あるいは腰のあたりまでもたちこめて、まるで白い半透明の水のなかに入っていったような感じになっていたが、兵士たちの列が切れるあたりになると、その白さがにわかに濃くなりまさり、ほとんど乳のなかにでも、まぎれこんだような白さがあたりをおおいつくしていた。没薬のかおりはますます濃くなっている。

（これは――）

　グインは、首をふった。

「スナフキンの剣よ！　出てこい！」

　唱えるなり、グインの手に、黄昏の国の小人スナフキンの魔剣が出現した。グインは、それを手にして握りごこちを確かめるなり、思い切りその、何もない白い霧にむかって切り下ろした。

　と、見たせつなであった。

「あッ！」

兵士たちの驚愕の声が、グインの考えをうらづけた。

「き、霧が消えた！」

「本当だ、霧が、一瞬に！」

それは、まことに瞬時のできごとであった。

まるで、そのねばねばと立ちこめていた白い霧そのものが、ひとつの巨大な生物であり、ひょいと飛び退いたのだ、とでもいうかのように、なにごともなかったかのようにそこにはもう、もとの街道の風景が出現しており、《竜の歯部隊》の兵士たちは茫然とその、なにごともない街道の上に立ちすくんでいた。グインは、かれらからはちょっとはなれたところに立っていた。すでに魔剣は彼の手から姿を消している。用がなくなれば、スナフキンの剣はただちに姿を消すのだ。

「陛下！　こ、これは……」

「トムを探せ」

鋭く、グインは叫んだ。

「ただし油断をするな。あの怪物が、まやかしでないという証拠もないが、まことにただのまやかしにすぎぬという証拠もない」

「かしこまりました！」

ただちにガウスは兵士たちに手分けしてさらわれた仲間を探すよう命令を下した。グインは馬に飛び乗った。

「十人、ついて来い！　他のものはここにとどまり、ガウスの命令に従え。俺はゼノンとトール軍のようすを見に行く！」

「はッ！」

ただちに、親衛隊の精鋭が先をあらそってグインに続く。グインは、おのれの部隊をうしろにして、馬をとばし、街道をやってきたほうへとはせ戻った。

霧が晴れたのは、ギールのいった三つのかたまりのうち、グインをとりかこんでいたひとつだけのようであった。グインが戻ってゆくと、そのゆくてに白い巨大な雲のかたまりのようなものがあらわれた。たけはもう、空に届くほども高くなっている。まるで、夏のさかりの入道雲のようだ。それがじかに地面から生え出している。それがゼノンの軍全部をとりこんでいる霧だろう。さらにそのうしろのほうに、もうひとつの雲のかたまりのようなものが見えたが、それがトール軍をとりまいているのだろう。グインは、慎重に速度をゆるめつつ、その霧のそばまで近づくと、そのまま馬で突入しようとした。だが、エルス号は、ふいに頭をふりたてていやがった。そして、いきなり、足をとめてしまった。

「なるほど。一種の結界のようになっているわけだな。これで」

グインはスナフキンの剣を呼び出す呪文をとなえた。スナフキンの剣は、たそがれのノーマンズランドでグインに捧げられた、魔力をもつ剣だ。魔道の世界のもの、魔力によってあらわれている現象には、非常な威力を発揮する。そのかわりに、魔道ではない世界のものを切ったら効力を失うと注意されている。

グインがスナフキンの剣を、さきほどと同じようにふりおろした刹那だった。いきなり、ヒュッとするどい音をたてて、矢がとんできた。グインは素晴らしい反射力でもって、馬の首にふせ、それをやりすごした。が、ただちに次の矢が飛んできたので、とっさに皮マントを左手でひきずりあげ、それを楯がわりに顔の前にかざす。うしろに続く《竜の歯部隊》の精鋭たちもいっせいにマントでよけたり、楯をかざしたりして防御する。矢ぶすまというほどではないが、たてつづけにふってきた矢が、ふいに、誰かの絶叫とともにぴたりとやんだ。

「やめろ。やめろ、あれは豹頭王陛下だ」

その声にすさまじいほどのききめがあったらしい。

「どうしたんだ……霧がはれた……」

「ああっ、霧が――」

「陛下！」

絶叫がおこった。グインはすばやく、目をあたりに走らせた。霧の晴れたあとに、くりひろげられていたのは、グインの軍とは比べ物にならぬほどのむざんな光景であった。

地面に、少なからぬ数のケイロニア兵士が倒れ伏して血を流していた。矢を顔面につきたてられてころげまわってうめいているもの、馬から落ちたらしく、首がむざんに逆に折れ曲がったまま動かぬもの――世の常の戦場と同じともいえぬが、少なくとも同じほど凄惨な光景であった。

「なるほど、あの霧に包み込んで、そこに攻撃をしかけ、同士討ちをはじめさせたか」

グインは怒鳴った。

「ゼノン、ゼノン！　俺だ、グインだ！　これは罠だ。あの霧から、怪物があらわれただろう！」

「陛下！」

とうに、霧が晴れたとたんに同士討ちはやんでいた。知らせをうけたゼノンがころがるようにとんでくる。

「陛下、いったい、このありさまは……」

「霧のなかから竜頭の怪物があらわれたか？」

「は、はい。そして、味方の兵を何人も嚙み殺し、暴れ回りましたので……応戦しましたが……そのとき敵襲とおぼしく矢が射かけられ……」

「それは、味方の矢だ」

きびしくグインは云った。

「霧によって、目くらましをし、きっかけをつくって同士討ちをさせるのが目的だ。――もういい、とにかく霧は晴れた。トールが心配だ、トール軍からも霧の魔術を晴らしてやりにゆく。負傷者を救出し、可能なかぎりの手当をしてやれ」

「は……まるで、何がなんだか……」

ゼノンは、あたかも、ことわざにいう《トルクの罠にかかった猟師》ででもあるかのような気の毒なようすであった。

「死傷者の数を数えて報告できるようにしておけ。遅れれば遅れるほどトール軍が危険だ」

言い捨ててグインはただちにまた、エルス号をかりたてて、赤い街道を逆走した。たちまち《竜の歯部隊》の精鋭たちがそれについてくる。トールの軍もまったく同じような状況にあるようだった。グインがスナフキンの剣で、霧を払うと、ゼノン軍よりもさらにむざんな状況がたちまちあからさまになった。

「なんてことだ！」

グインが、トールを呼び立てて合流し、魔道王のたくらみの仕組みを明らかにすると、トールはかぶとを叩きつけて呪いの声をあげた。

「霧で我々の目をくらませて、同士討ちをさせたというのですか！　そんな子供だましな、小賢しい手に、こともあろうに、ケイロニア最強の黒竜騎士団がひっかけられて、まんまと同士討ちをさせられるとは！　お恥ずかしくて、国表に顔向けもできやしませんぞ！」

「そういうな。あの霧には、没薬が多少ならず入っていたのだ。それによって、我々は判断力が鈍らされていたはずだ。俺はスナフキンの剣という奥の手を持っているからよかったが、そうでなければ、まだ、我々は霧に包まれて何がなんだかわからぬまま斬り合いに突入している」

「剣を切り下ろしてはっと思ったときにはもう、次の剣がこっちに向かってきていて」

トールは唸った。

「こちらも、相手がどうも味方じゃないのかとわかりつつも、すごい勢いで打ち懸かられるんですから、とにかくよけるか、切り返さないわけにはゆかない、いのちあってのものだねですからな。同士討ちだ、やめろ、剣をひけ、と叫び続けてはいたのですが、相手はもうやっきになってかかってくるので……俺は、もしかしてなにか術にかけられて、生きたまま敵方にあやつられるゾンビーにでもなってしまったのかと思って――不本意ながら、戦わざるを得ず……」

「しかも俺の部隊とゼノン軍、トール軍とを分断したところがきゃつの最大のねらいだったのだろう」

グインは云った。

「だが、あの竜の化物が味方をさらったり、嚙み殺したりしたのはどうやらあやかしでもなんでもないようだ。まことの竜かどうかは別としてな。被害はどうだ」

黒竜騎士団の被害はかなりばかにできなかった。いのちを落としたものはそれほど多くはなかったのだが、なまじケイロニア最強の勇猛な騎士たちであるだけに、だまされて斬りかかってくるにせよ、矢を射かけてくるにせよ、そのほこさきには、なかなかにかわしきれぬ勢いがあったのだ。

「こんなことで、おのれの軍の強さをお互いどうしが思い知ることになるとはね」

トールは髪の毛をかきむしって怒り狂いながら、また呪いの声をあげた。

「まったく、うちの連中のきっさきときたら、本気にならねばとうてい、受け流したりかわしたりできるようなものではなかったんですから。俺も、ついつい、命惜しさに仲間の腕を切り落としたりしてしまいましたからね。極力いのちをとることだけはなんとかやめようとつとめてはいたのですが……うう、ぞっとする。霧のなかから、あとからあとから仲間たちが剣をふるって斬りかかってくるんです、血走った目で、こちらが何をいってもきこえぬほどに逆上して。やつらはやつらで、完全に敵に霧のなかで囲まれて孤立しているつもりだったんですね」

「小癪な手妻を使いおる」

グインは吐き捨てた。ゼノン軍からも報告が届いた。ゼノン軍は、輸送部隊や伝令部隊などがほとんど戦いに参加していなかったので、トール軍よりはかなり被害が少なかったが、それでも、かなりの怪我人が出ていた。ただちに、輸送部隊の運んでいる医薬品が両軍に配られ、輸送部隊のなかの、医療班を担当しているものたちが、負傷者の手当におおわらわになる。まったく被害が出ておらぬのは、グインのひきいていた部隊だけだった。

「ウウーム、さすがですな」

トールはそれを知るとくやしそうに唸った。

「このへんが、どうあがいても、豹陛下にはかないませんなァ。くそ、俺の部下どもが、あれほどに強くなければ、もうちょっと被害が少なくてすんだのだが」

「ともかく、負傷者たちをまとめて後方に送り、一個中隊程度をつけて護衛させてやれ」

グインは考えこみながら云った。

「どうしたものかな。このまま連れてゆくにはかなり重い怪我をおってしまったものもいる。それらは、まことは、サラミスに送り込んで療養させてやったほうがいいのだが、そこにゆくまでに、かれらのほうにはもう一切攻撃がかかってこないという保証はないな」

「こんなことで、パロどまりになったら、かれらもたまったものではありませんよ。もう、あとはクリスタル攻防だけだと勢いこんでお供してきたんですから」

トールはくやしそうだった。

「なんとか、本当に動けないほどの重傷者だけはやむをえませんが、それ以外のものはついてこさせましょう。でないと逆に、あちこちに散らばって置いてゆくと、そいつらの収容が不可能になるかもしれませんし……」

「それはお前のいうとおりだな、トール。だが、たぶん、いま現在もこれだけではすみそうもないぞ」

グインの不吉な予言に、トールは首をすくめた。

おそろしく長いあいだ、霧にまかれていたような気がしていたが、じっさいには、魔の霧が出はじめてから、わずかに一ザンあまりしかたっていなかったのだった。霧が濃くなりまさってから、グインがスナフキンの剣をふるってさいごの霧をはらすまでに、半ザンほどしかかかっていなかったのだ。日はまだ中天に高く、あっというほどの短時間に、けっこう驚くほどの負傷者が出ていたことを知って、司令官たちはひどく腹をたてた。じっさい、パロ内乱に遠征軍として介入してからこっち、経てきたいくつかのこぜりあいのなかで、この霧のさわぎが一番の大被害を出したものであったのは間違いなかった。パロ兵はどれほど大勢いようと、正面衝突しようと、ケイロニア軍にとってはあまり問題にならぬ相手であったし、ゴーラ兵はそれにくらべればずいぶんと剽悍であったとはいいながら、それでもケイロニア軍の鍛えられかたとは比べ物にならなかった。結局、ケイロニア兵どうしのぶつかりあいでは、トールのいったとおり、どの兵もあまりに勇猛であり、武道にたけているので、襲ったほうも襲いかかられたほうも、全力でなくては逃れることも、取り押さえることも不可能だったのだ。

「これは、こののちもおおいに注意せねばならぬ点らしいな、ガウス」

ようやく、トールとゼノンがそれぞれの軍の掌握をとりもどし、なんとか態勢を建て直そうとするのを尻目におのれの陣に戻ってきたグインは、心配して待っていたガウスにことと次第を告げてから云った。

「これが効果があったと見ると、おそらく魔道王はまたこの手の戦術を多用してくるぞ。——同士討ちにはよほどの注意をはらわないと、それによって兵力をそがれてゆくのではこれほどばかばかしいものはないからな」

「はあ……」

ガウスは、自分の軍がまったく同士討ちの被害を出しておらぬだけに、どうもよく解せぬ、といいたげであった。《竜の歯部隊》は、また、通常のケイロニア軍よりもさえ、さらによくよく鍛えられ、グインの一声にただちに機械的に反応するように訓練されていたから、「矢を射るな！」のグインの最初の命令に、ただちに反応したのだ。が、トール軍の黒竜騎士たちや、ゼノンの配下の金犬騎士団の騎士たちは、竜の怪物に襲いかかられ、それに矢を射かけたり、剣をふるって襲いかかったりして、それを、また、敵からの矢や攻撃と信じてしまうことになったのだった。

「竜の怪物にさらわれたトムは、いまだ見つかりませぬが、いかがいたしましょう」

心配そうにガウスがいう。

「他の部隊でも、竜にさらわれたり、殺されたりした被害がかなり出ておりますようで……あの竜はいったい……」

「わからんが……ギールが、上空から偵察してくれたさいに、イーラ湖で激しい波がたっていた、と云っていたのがひっかかる」

グインは考えこんだ。

「あるいは、イーラ湖の中からあらわれた巨竜かもしれんが……それはもう、それをつきとめるためにそう時間をかけているわけにもゆかぬ。が、また出現したら今度はなんとかしとめる方法を考えねばならんな」

「は……」

すみやかに、それぞれの部隊も、また騎士団どうしも、ひっきりなしに伝令、報告がとびかう連絡網を取り戻している。この出来事に懲りて、グインは、トールとゼノンに心話の連絡について心得ておくよう言いつけたが、思った以上にこの同士討ちで受けた被害が両部隊ともに大きく、なかなかに負傷者の収容がはかどらなかった。

「もしも、この襲撃の最大の目的が、我々に足止めをくらわせておくことだとしたら、その目的は充分すぎるほどに達成された、ということになるぞ」

不快そうに、グインはつぶやいた。

「それがただ、クリスタルに我々が近づくのを阻止しよう、という目的だというのならまだいい。だが、俺が気になるのは、こうして足止めをくわされていても、それがどうやら、必ずしもわが軍に致命的な損害をもたらそうというものには思えないことだ。――これまでのいくつかの攻撃と同じようにな。ダーナムでも、ダーナムに入ったのがトール軍の一部だけだったことくらいは、魔道師を多数擁する敵方には充分にわかっているはずだ。――ダーナムのあの地震のまやかしでも、ゾンビーの攻撃でも、いずれはケイロニア軍ならば確実にそれを払いのけられるだろうことはあちらにもわかっている。しかも、それから立ち直るだけの時間は充分にあたえてから次の攻撃をかけてくる。――実に不快なやりかただな。このままでゆくと、俺の考えでは、どうあれ、敵は、我々がクリスタルに近づくまでの時間をいくたびかの攻撃をしかけて調節し、足止めをしてはまたおびきよせ、そのようにして、おのれの準備が完全に整ったそのときにいよいよクリスタルに我々をひきこんで最終的に叩きつぶそうと考えている、としか、俺には思えんのだが」

「なんと……おおせられました？」

ガウスが不安そうにきく。彼にとっては神にもひとしい豹頭王が、考えこんでいる、などというのは、ガウスにとっては、何かとてつもなくよくないことが起きようとしているかもしれぬ前知らせに思われるのかもしれぬ。

グインは苦笑した。そして、声を大きくした。

「何でもない。俺の思い過ごしかもしれぬし、また、もし俺の思ったとおりであったとしても、まあ、それこそ望むところだ。――ことわざにもいうからな。矢を射かけられなくては、射手のありかはわからぬ、とな。どうせクリスタルにはゆかねばならぬのだ。たとえどんな罠が仕掛けられていようとも、それを切り抜ければすむことだ。案ずるな」

4

結局ケイロニア軍は、魔の霧の襲撃による、死傷者と、負傷した馬の始末とに、かなりの時間をとられることになった。死傷者よりも、流れ矢を受けてしまったり、また、暴れ出そうとして転倒し、足を折ったりしてしまった馬の始末のほうがさらに大変だったのである。さすがに兵士の死者そのものは、それほど莫大な数が出たわけではなかったが、負傷者のほうは思ったよりも多かった。暴れ出したり、傷ついて倒れたりした馬の下敷きになった者もかなりいたのである。

「といって、部隊の再編成が必要なほどではございませんが……」

ガウスは、他の軍からの報告も集めてグインのもとに持ってきながら、申し訳なさそうにいった。

「全体で、一個大隊くらいの被害は充分に出てしまった模様です。ことに、やはりトール軍の被害が大きいようです。一番先に霧にまかれたのと、それに、やはり、皮肉なことに、もっとも勇猛であったからだろうと存じますが……」

「そういわれても、トールの慰めにはならんだろうがな」

グインはしぶい顔をして答えた。

「まあいい、ともあれ、ゼノン軍のほうが被害が少ないのだからな。ゼノン軍の、あまりいたでをうけてない部隊をうしろにさげて、しんがりにし、トール軍をまんなかにあげてやるように指示しろ。そして、重い負傷者たちは当面、やはりサラミスに戻っていくように、あまり怪我の程度のひどくない負傷者たちで護衛させて、さらに一個中隊程度をつけてサラミスに護送させよう。その旨を、リンダ王妃とサラミス公とに、伝令を出してくれ、ギールどの」

「かしこまりました」

「しかし、おそらく、負傷者たちは、本隊と離れたくないと申し立てるとは存じますが……」

「だが、このさい、まだ戦いは終わったどころか、この先どのように展開するかさえまったくわからぬのだ。そのさいに、負傷者の部隊をかかえていてはこちらにとっても足手まといになる。それをいって、気の毒だが納得して待ってもらうようにさせるほかはあるまい。――ともかく、決して、置き去りにして帰国するようなことは俺はせぬ。そう、安心させてやって、ともかくサラミスに移送することだ。トールは連れてゆけと進言していたがな」

「はあ……」

「まだ、だが、このさきがある」

グインは、難しい顔で、空をふりあおいだ。

「まだ今日という一日さえ終わってはおらぬ。――ウム、ヴァレリウスがやってきてくれれば、このような魔道の戦いにも新しい見通しが開けるのかな。だんだん、おのれが、もしかしたら、おのれのこれまででもっとも困難な戦いに挑んでいるのだ、ということがわかりはじめてきたようだ」

「これまでで、もっとも困難な……」

このようなことばを、グインが口にするのをきいたのは、ガウスにとってははじめてであった。ガウスは驚きながらグインを見つめた。

「まだ、まだこのようなことが起こるのでしょうか――？」

「この先何が起こるのか、誰にも皆目わからぬ。それが一番厄介なところだ」

「は……」

「世の常の戦いのほうが、どれだけかやはり気が楽というものだな。だが、それでさえ、おそらく、クリスタルに入ってからのことを考えれば――入れたとしての話だが。……こうなると、いっそ、軍勢をひきいていることさえ、足枷になってくる。といって、一国をあいてにまわして、俺が単身で戦うというわけには、いまの場合にはとうていゆかぬだろうが……」

さいごのほうは、ほとんど独り言のように口のなかに消えた。

数ザンのあいだは、負傷者の収容と、そして負傷した馬の始末、死者の始末といった、陰惨な仕事のためにケイロニア軍は忙しく仕事に没頭しなくてはならなかった。さんざんおびやかされた上にかれらには、またしても、死者のなきがらがゾンビーとなって襲いかかってくるかもしれぬ、という恐怖さえもまた、つきまとっていたのだ。同僚の死体を焼き尽くすのはなかなかに気の滅入る仕事だったが、それをしておかねば、さらに気の滅入る事態がおこるかもしれないのだ。ようやく、ケイロニア軍が、秩序を取り戻したときには、すでに、さすがの長い一日も、暮れかかろうとしていた。

「また、これはしかし――イヤな場所で夜営ということになったものだな」

グインはひどくいやな顔をした。

「これこそが、魔道王のたくらみの第二段階、ということにならねばいいが――いや、おそらく、そうと見て間違いないだろうな。ギールどの、ヴァレリウスとはまだ、連絡はとれぬか。……ヴァレリウスだけをあてにしていようというわけではないが、いつごろ、彼が我々に合流してくれるのか、いまが一番俺としては彼の力を必要としているのだが」

「先刻、ヴァレリウスさまとは連絡がとれまして」

ギールは丁重に答えた。

「もう、ケイロニア軍に協力する魔道師軍団の編成はほぼすみ、ただ、その、ベック公奪還についての警戒と、さらに少々、サラミスのほうでも用事を片付けてから合流したいということで——おそらく、明日じゅうには、なんとか魔道師およそ三十人以上を引き連れて参戦できるであろう、とのことなのでございますが……」

「明日じゅうか」

グインは考えこみながらつぶやいた。

「ということは——おそらくは、かなりの決め手となるのは、今夜だ、ということだな」

「と、おっしゃいますと——？」

とガウス。

「今夜はどうあっても、魔道師の助力なしでクリスタルに近づくということは俺はしたくないし、出来んと思う。それにいまからでは、それこそ、進軍を開始したところで、夜になる前に、どこかの大きな町に到着するという見込みはない。といって、いまからダーナムに戻るわけにもゆかぬ以上、この湖畔の街道筋でどうあっても一夜を夜営しなくてはならぬ、ということになる。——負傷者も出ているしな。どうも気になってたまらぬ。……負傷者の収容や手当、死者の始末——みんな、まるで、申し合わせたように、もう今日は、足もとの明るいうちに安全な町なかへは到着できぬ、という時刻になるように終了した。これが罠でなければ、俺は……」

「陛下――？」

「いや、いい。ともかく、警戒をおこたらぬことだ。あの竜の怪物にもおおいに気を付け、今夜は夜営するにしても、極力部隊どうし、近くにより、そして歩哨をたて、交互にのみ休みをとるようにし――今夜がこのクリスタル遠征の最初のヤマ場だと思うがいい。今夜を無事になんとか切り抜けられれば、明日になればヴァレリウスのひきいる魔道師軍団も加勢にやってくる。そうしたら、ずいぶんと、楽になるだろう。とにかく、俺は楽になる――魔道師たちが大勢いれば、同じ魔道のワナの気配はかぎあてられるだろうし、少なくとも魔道をどのように破ればいいかについても教えてくれられるだろうからな。だが、いまは……」

「わたくしの力足らずのため、あまりお力になれなくて、申し訳ございませぬ……」

ギールがいくぶん悄然といった。

「いや、とんでもない。おぬしとおぬしの部下の魔道師のかたたちは充分に伝令として、また斥候として役にたってくれている。だが、相手方がそれ以上に大勢の魔道師を擁している、ということさ」

グインはなだめるようにいった。

「気にせんでくれ。――が、ともあれ、おぬしたちにも、明日になってヴァレリウスの軍団がくれば交替して休んでもらえる。今夜だけは、死力をつくして、魔道師の立場からの見張りをつとめていただくことをお願いしたいのだが」

「それはもう、一睡もすることなく」

　ギールは確約した。

「もしもあと、せめてこの三倍の人数がおりましたら……微力ながらも、夜営のあいだだけでも、本陣のまわりだけでも結界を張ってお守りすることもできますのですが……生憎と、私どもの力をすべて集めても、陛下の親衛隊の周囲しか結界を張る能力がございませせぬ。……が、それだけでも、させていただこうと思っておりますが……」

「結界を張ると、かなり魔道の攻撃にたいしては違うのか？」

「はい。そのようには存じますが……ただ、あちらの魔道力のほうがいま現在ではかなり上とは認めざるを得ませぬので、それ以上に強い魔道によって攻め寄られた場合には、あまり役にたつとは申し上げられませぬが……」

　グインはちょっと考えた。

　それから、うなづいた。

「ならば、折角申し出てはもらったが、それはよいことにしよう。――俺はそうでなくとも、魔道の攻撃に対しては、この部下たちの誰よりも馴れてもいれば、経験もある。

また、それに対するちょっとした武器も持っている。だが、部下たちはケイロニア人のことゆえ、ことのほかそうした攻撃に弱い。俺が安全な結界のなかにいるあいだに、もしも、部下たちが攻撃されることがあっても、俺は、結界のなかゆえ、報告をうけるまで知らぬことになる。それによって手遅れになってはかえって危険だ。俺も部下たちと同じ状況にいることが、一番、早くにこれは魔道の攻撃だと、気づくことが出来る方法だろう」

「はあ……」

ギールは考えこむようすであった。

「それは、おおせのとおりかもしれませぬが……」

「そのかわり、ギールどのは、いつなりと俺からの伝令や斥候の用にたっていただけるよう、ガウス同様つねに俺のかたわらにいていただきたい。そして、俺がもし、魔道の攻撃に対して感じないでいることがあれば、それについて警告していただければ、それで充分だ。……俺の予想では、おそらく、今夜にこそ、もっとも激しい、魔道王からの攻撃、夜襲があるだろうし、それがどのようなかたちでの夜襲になるかは、俺にはまったくわからぬのでな」

「……」

ギールはうっそりと頭をさげた。ガウスたちは、ひそかに顔を見合わせた。グインがこれほど、慎重――というよりも不安そうになっているのは、はじめて見たし、また、それでも、グインさえいれば――というかれらの信頼は、ゆらぐものではなかったが、しかし、ここが魔道の王国であり、そして、くりひろげられつつあるこのたびのいくさが、まったくかれらの馴染んだ雄壮なものとは異なる、あやしく小昏い魔道との戦いであるのだ、ということが、しだいに深く理解されてくるにつれ、それをとても好ましいと思うわけにはゆかなかったのだ。ケイロニア人はもともと、すこやかな北の民で、魔道だの、あやかしだの、というものを、草原の民のように頭からばかにしもせぬかわり、とうてい、好意をもっているとは言い難い。

そうしているあいだに、ゆるやかに日暮れが忍び寄りはじめていた。ガウスはグインの指示にしたがって、伝令たちをまわし、全軍に、この街道で夜営すること、ただし、警戒いっさいおこたりなく、互いに距離をつめて、常よりもかなり数多い歩哨をたて、ひっきりなしに異常なしの連絡をとりあいつつ、夜営というよりも朝までの時間しのぎと考えて過ごすように、という命令を伝えた。ことに、イーラ湖の側からと、そして反対側の街道わきの、深い森のなかに対しては、たえず警戒をおこたらぬこと、そして、何かちょっとでも異変のきざしがあればただちに報告すること、ということが厳重に注意された。それは、ケイロニアの兵士たちにとっても、もう、充分に理解されたことだった。いましがたの、このあやしい霧と、それがひきおこした惨劇によって、さしも魔道にうといケイロニア兵たちにも、いやというほど、おのれが直面しているのが「何がおこるかわからぬ」たたかいである、そしてその何がおこるかわからぬことというのは、誰にも、「どのようにおこってくるのか」わからぬものなのだ、ということが理解されていたのだ。

グインは非常に神経質になっているようだった。それほど、気が立ったり、部下たちにいつもと違うようすをみせるようなことはしなかったが、しかし、いつもよりもひんぱんに伝令に命令が出され、その命令も非常に細かかったので、グインの側近でいるのに馴れたガウスたちには、グインがいつもよりも相当に気が立っていることがわかったのだ。しかし、それでも、グインは落ち着いていたし、一瞬も、部下たちの不安をいやが上にもあおりたてるようなことは云わなかった。

とりあえず、夜営のための天幕を張らせ、グインはそこに入った。当直の小姓たちが、簡単な食事と飲み物を運んできたが、グインはそれをそこにおかせたまま、「あとで、気の向いたときに食べる」といって小姓たちを天幕から出してしまった。三つの部隊のそれぞれから、配置や歩哨についての報告をうけ、また指示を出し終えてしまうと、もう、あとは、救いの神である朝の光がやってくるまでは、長い夜をただ耐えてじっとしている以外、どうすることもできなかった。といって、行軍を再開するわけにはゆかなかった。何も用意のないところでいきなり、奇襲をかけられることが何よりもグインにとっては恐ろしかったし、しかも、このあとは、そのつもりで速度をあげれば、夜のあいだにクリスタルに入ることさえできるような距離である。グインとしては、魔都クリスタルに夜、入ることは敵の思うつぼになることでもあったし、といって、ダーナムに引き返すにももう遅すぎた。それにダーナムもまた、安全とはとうてい言えなかった。

（ここは、クリスタルから近すぎる……）

グインは、さいごにギールとガウスにも、いくつかの指示を出し終えると、しばらく一人にしておいてくれるよう頼んだ。かなり、今日一日で、誰にも言えぬことではあったが、いかに英雄たるグインとても、精神的には参っていたのは疑いをいれなかったのだ。

それに、何かがひどくグインの心にひっかかっていた。何が、とははっきりと言えなかったが、しかし、確かに何かおのれが見落としていることがある——そして、それがかなり重要なことである、というような気持が、ひどくいつまでもいつまでも、夜営を決定したグインの心のどこかを執拗につついていた。

（俺は……いつになく、うろたえているようだな……）

グインは、とりあえず、わずかの時間でもよいから、一人になって、じっくりとおのれのそのいつにない動揺と向き合い、分析してみるいとまが欲しかったのだ。たとえガウスほどに心酔し、忠実にしてくれる部下であろうとも、いや、そうであればあるほど、かたわらに誰かがあれば、その手前、豹頭王としては、ほんのちょっとの動揺したようすも見せられず、ほんの少し、混乱したり、不安になったようすを見せるわけにもゆかない。

(国王、指導者、司令官というものも――これでなかなか、辛いものだからな……)

だが、グインは、「お酒でも、お持ちいたしましょうか――」という、小姓のことばを、断った。そして、かなり濃くいれたカラム水だけを用意させ、天幕のなかにしつらえた、持参の毛皮を何枚がさねかにしきつめた臨時の寝台に、巨体を横たえ、その手もとに愛剣をいつでもとれるようにおいたまま、靴も脱がずに、ほんのわずかばかり、くつろいだのだった。

考えてみると、昼食のための停止の前後にあの霧が襲ってきたので、きょう一日、後半はろくろくものも食べておらねば、からだを休めるいとまもなかったのだ。まだ、ようやく、日が落ちてゆくくらいであったが、なんだかとてつもない長い一日が終わった、というような感じがグインはしていた。

「陛下……たびたび、差し出口を申して、申し訳ございませんが……お靴をおぬがせして、サンダルをお持ちいたしましょうか……? お召し替えは、鎧はいかがなさいますか?」

また、近習がそっとおずおずと首を出していう。グインは首をふった。

「心遣いは有難いが、今夜は長靴もはいたまま、胴丸もつけたままで休む。——おぬしは、なんという名だった？」

「わたくしでございますか。ご近習第一班のラムと申すふつつか者でございます。サイロンの出でございます」

「そうか。……いくつになる」

「二十五でございます、陛下」

「そうか。家に、妻は待っているのか？」

「いえ、とんでもない。わたくしはまだ、ひとり身でございます。まだ当分、めとる予定もございませぬし……それに、この遠征から戻るまでは、誰かと結婚することもしたくございませんでしたので……」

「そうか。当直の番のときに、遠征にあたってしまったのか、運が悪かったな」

「いえ、陛下」

サイロンのラムは、なかなかハンサムな顔を嬉しそうにほころばせた。茶色の髪の毛を、きっちりと首のうしろでたばねた、なかなか聡明そうな明るい瞳の青年である。

「わたくしは、ぜひともお供をとお願いして、志願して遠征部隊の近習部隊にくみいれていただいたのでございます、陛下。サイロンでは、大勢の近習の一人でしかございませんが、遠征の近習部隊ならば、サイロンよりはずいぶんと近習の人数も少のうございます。陛下のおそば近く、お世話申し上げる機会も、だいぶん多くなろうかと存じまして」

「そうか。それはすまぬな」

「いえ……」

ラムは頬をちょっと紅潮させた。

「これほどお近くで、天下第一の英雄の行住坐臥を拝見出来、その御日常のお世話をさせていただくなど、身にあまる光栄でございます。これほど、嬉しいことはございませぬ」

「サイロンには、では、家族が待っているのか？　妻はまだおらずとも許婚はいるのか」

「いいなづけはまだおりませんし、心当たりもございません。早くに宮廷にあがって、おつとめ第一で参りましたので。近習部隊で、遠征に参加したものは、お情け深くも、ひとり身のものから優先で陛下がとって下さいましたので。家族は、サイロンの下町に、老母と、それから、弟ふたり、妹ふたりが帰りを待っております」

「では、ラムが一番上の兄なのだな。それでは、無事にサイロンにかえしてやらねばならぬな」

「とんでもない。わたくしごときのことなど、陛下にお心をかけていただくのはもったいなさすぎて」

「ここさえ切り抜ければ、それほど長くもかからずに、帰国の途につける、と思うのだがな。クリスタルそのものについては、それほど長くかかるとは思わぬのだが……まあいい、カラム水のおかわりを持ってきて、それでしばらく俺を一人にしてくれ」

「かしこまりました」

崇拝する英雄王と、しばしのあいだ、独占して口がきけたことにひどく嬉しかったらしく、サイロンのラムは頬を紅潮させ、ひどくはずんだようすで天幕から出てゆき、またカラム水のつぼを持って入ってきて、丁重に礼をして、床のかたわらの卓において出ていった。

グインは、また一人になった。

(サイロンか……)

もう、サイロンを出てからどのくらいになるのだろう。

まだ、それほどの時間もたっていない、とも思われれば、逆に、おそろしく長い時間がたったようでもある。じっさいにたった時間よりもはるかにたくさんの出来事が起こっているからかもしれぬ。

(クリスタル……)

ラムがサイロンに戻れるのはいつのことだろう、と思うにつけて、同じくこの古い国の首都でありながら、いまや魔都となり、魔道王に——というよりも、グインにとってはあの怪物、アモンによって占領され、かの伝統ゆたかな歴史ある都のおもかげはおそらくみじんもなくなってしまっているのだろう、クリスタルの都のことが思い浮かぶ。

（なかなかに——数奇な運命をたどる都市だ。……そもそも、俺が、この世にあらわれ——というよりも、俺というものがこのようなすがたでこの世にいるのだとはじめて意識と記憶とをもった、そのときがまさに、クリスタルがモンゴール軍の奇襲によって国王夫妻を殺され、悲惨な占領に陥れられた、黒竜戦役のときだったのだが……）

王太子レムスと、その姉リンダとは、わずか十四歳で、両親を失い、あの謎めいた古代機械によって、ルードの森に転送され——そして、そこでグインと運命的な出会いをしたのだった。そして、いまやゴーラ王として、遠からぬこのパロ国内にある〈紅の傭兵〉イシュトヴァーンとも。

（運命とは……まことに不思議な変転をするものだな。……いまやそのレムスと俺とが戦い——俺はリンダのためにクリスタルをレムスから取り戻すべく戦い——イシュトヴァーンもまた、それに荷担しているとは……）

あのはるかなルードの森、ノスフェラスの砂漠で、いったいあの四人の誰がこのような運命の展開を予想していたことだろう。

あれからも、はてしないほどの時がたってしまったように思えるけれども、まだたった十年にも及ばない、短い時間しかたってはおらぬのだ、とグインは思った。

(だが、そのあいだにおこったことどもというのは……半世紀もたったとさえ、いってもいいようなことばかりであったが……)

なんともめまぐるしい時をばかり、過ごしてきたものだ——

グインは、カラム水をつぎ直すために手をのばしながら、思った。

(いまや、レムスの《息子》が、あのような怪物として、クリスタル・パレスに君臨し——そして、いずれ、あと一両日とはたたぬうちに、俺はレムス、そしてアモンと激突するだろう……うまくゆけばな)

だが、どこかに——

微細な、奇妙な違和感、あるいは不安の根っこのようなものがひそんでいる。

これは何だろう——

グインは思った。

(妙に——あたりが、ひっそりとしずかになったな……)

この静寂。

これにも、覚えがある——

ような気がする。

(これは……どこかで……)

(俺も、ずいぶんといろいろな魔道に出会ってきたはずだが……)

何か、どこかでかいだことのあるようなにおいが、ほのかに香った。

そのときであった。

天幕の、入り口の垂れ幕が、ふわりと音もなくあがった。

第二話　夢の回廊

1

音もなく垂れ幕があがり、そこから、小柄な人影が入ってくるのを、グインは、息を詰めて見守っていた。

何かが起ころうとしている――それは、もうわかっている。

そして、また、それが、おそらくは魔道王レムスの仕掛けてきた魔道の罠に間違いないのだ、ということも、グインにははっきりと感じとられていた。レムスは魔道によって、クリスタル攻防の前にケイロニア遠征軍をかなり攪乱しようとしている。それも確かなことだ。

(この空気――この、まるで世界じゅうが死に絶えたかのような静寂……)

それがはじまると、これまでも、きまって、魔道の何かおぞましい出来事がおこってきたのだ。

（恐れはせぬ……）

グインは、暗い垂れ幕のあたりをにらみつけながら、そっと腰につけた《ユーライカの瑠璃》の袋をまさぐった。それはいわばグインにとっては、魔道への、それ自体ふしぎな魔の生命をもった守り袋のようなものであった。

世界は、まるで、これから起ころうとしていることに恐れをなしてでもいるかのように、しん、と静まりかえっている。

天幕の入り口のところには、当直の護衛の騎士たちや近習たち、小姓たちが豹頭王の用を待ち、また護衛をつとめるために、一睡もすることもなく、一瞬もはなれることなくそこに詰めているはずであるのに、無断で立ち入ってくる訪問者をとがめだてるものの声もなく、また、まるで、世界にグインと、ゆっくりと入ってくるその小柄な影以外には生あるものなど存在しなくなってしまったかのように、いくら耳をこらしてみても、何ひとつ気配さえもなかった。

まだ、そんな時間ではないはずである。だが、あたりは、まるで、本当の深夜、真夜中のように暗く、ひっそりとおそろしいほどにしずまりかえり、垂れ幕のうしろには、鼻をつまれてもわからぬほどの深い闇がひろがっているのが見える。天幕のなかの、さっき近習がともしていったばかりの四本のろうそくのあかりが、いつのまにか、ひとつを残して消えていた。風など、吹きもしなかったのにだ。

（妖魔め……）

グインは、しずかに、呼吸をととのえた。

「誰だ」

するどく、低く声をかける。こちらから、機先を制してやろうとしたのだ。だが、次の瞬間、グインははっと息を飲んだ。

「あなた……」

思いもよらぬ――

だが、もしかして、確かにグインはどこかでそのようなこともありうるかもしれぬと無意識のうちに感じていたかもしれぬ声が、答えたのである。

「シルヴィア！」

グインの声は、喉で詰まった。いま、おそらく、もっとも仕掛けられたくない魔道の罠があるとしたら、まさしく、これをおいてはなかったであろう。

「おのれ」

グインは、歯をかみしめ、爛々と目を光らせながら低くうめいた。

「おのれ、アモンめ――たくんだな」

「ここにいたのね、グイン……」

そこに――

ゆっくりと、おぼつかなげな足取りで、いかにもたよりなげに、一本しか残っていないろうそくのあかりの輪のなかへ歩み入ってきたのは、まさしく、グインの妻——ケイロニア王妃、アキレウス大帝の息女シルヴィアその人であった。

見間違うことはありえなかった。——その痩せた、骨ばかり目立つ、華奢というにさえいささか痩せすぎてしまった感のある小柄なからだに、彼女ははっきりとグインにも見覚えのある、うすいバラ色の長い夜着をまとい、その上から、レースのふちかざりのついた、袖と襟のゆったりとしたナイトガウンを羽織っていた。髪の毛はさんばらに、結い上げられもせずに肩から背中に乱れ落ちていた。顔にはおしろいっけひとつなく、青ざめて顔色がわるく、そして、ほっそりとした首と、浮き上がった鎖骨とが、ひどく病的な感じを与えていた。目ばかりが大きくうるんでいるようにみえ、あごもとがり、頬骨も目立ち、彼女は、またしても、グインの出発前よりもさらに痩せてしまったかのようだった。

じっさい、これほどに人間のからだというのは、ちいさく、かぼそく、無力になりうるものか、という驚きに、見るものをうたせてしまうほどに、彼女は小さく、そしてかぼそかった。その小さな素足にはバラ色の室内用のサンダルをつっかけていたが、そのかぼそい足首は、グインの手首よりもさらに細かった。

肌の色にもツヤがなく、唇も土気色をしていたので、彼女はまるきり病人のように見えた——いや、一見した最初の印象というのは、(病気の子ども) そのものであったかもしれない。成人した、すでに結婚している成熟した女性、というためには、あまりにも、目つきも不安そうな、落ち着かぬ、おどおどして子供っぽいものであったし、いかにも痩せて不幸そうにみえ、生まれてこのかた充分に食べたことさえないかのように見えた。肌が荒れているのでひどく不健康な感じを与える——この幼げで不幸そうな少女をみて、これが、天下に冠たる世界最強の大国ケイロニアの皇女であり、世界の英雄とその名をとどろかせる豹頭王グインの最愛の王妃であり、そしてケイロニアの獅子心皇帝の身に何かあったおりにはついには天下のケイロニアの女帝となるべき、ケイロニアの第一皇位継承権者である、などと信じられるものは、誰ひとりいなかっただろう。彼女はまるで、浮浪児の幼い女の子のようによるべなく、たよりなげで、そして病んでいた。だが、それはまさしく、グインが、この遠征に出発するにあたっておのれの記憶のなかに刻みつけなくてはならなかった、さいごに別れたときの妻の肖像画そのままであった。グインの心に残っているさいごの妻の、彼を送り出す声は、「行かないで、私をおいてゆかないで」と泣き叫ぶ、幼い駄々っ子のような泣き声にほかならなかったし、その目にやきついている最後の顔は、ひきゆがみ、涙に濡れ、口紅ひとつない、髪の毛をふりみだして枕を叩きつけているヒステリックな泣き顔であったのだから。

「グイン」

シルヴィアがうめくように云った。そして、おずおずとそのやせ細った手をさしのべた。その手は、こっけいなくらい、目の前にいるグインのたくましい、力と精気にみちあふれた手と比べて小さく細く、同じ人間という生物の種類であるとさえ信じがたいくらいだった。グインがなみはずれて大きくたくましいのもまことであったが、シルヴィアのかぼそさもまた、なみはずれていた。

「グイン」

さらに、訴えるような声が、シルヴィアの荒れて皮のめくれた唇からもれた。彼女はいらいらと爪をかむくせがあるので、その小さな、骸骨のような手のさきはがさがさに荒れて爪がささくれだち、唇も、しばしばきつく噛みしめられることを証拠だてるようにひどく荒れていた。彼女は、自分自身を鼓舞し、身なりをととのえたり、しゃんとしたりすることをすべて諦めてしまったかのような諦念をそのおどおどした不幸そうな小さな三角形の顔にたたえていた。

「どうして、返事してくれないの——？　グイン」

ささやくようにシルヴィアがいった。グインは唸った。

「お前と話などする気はないぞ。魔物め」

「魔物——魔物って？」

シルヴィアの大きな目が驚いたように見張られ、みるみるその目がうるんでくる。これほどに痩せすぎてしまっていなければ、まだごくごく若いのだったし、たとえ顔立ちはその異母姉には似ておらなくても、それなりになかなか可愛らしい少女であるといえただろうが、いまのこの骸骨じみた痩せ方では、娘らしい美しさなど、探せというほうが無理であった。

「魔物って、私のことなの？　どうして、そんなことをいうの？　ようやく、会えたのに……ようやく、夢のなかで、会えたのじゃない、グイン」

「これは、夢じゃない」

グインはいくぶん、惑乱しながら云った。

「これは、アモンめの仕掛けてきた、魔道の罠だ。お前とて、まことのシルヴィアでなどありはせぬ。お前は、幻影だ――まやかしなのだ。消えろ、悪霊」

「まやかし――私まやかしなんかじゃない。ねえ、グイン、どうしてわからないの？　私ここにいるのよ、まやかしなんかじゃない」

「お前はまやかしだ」

頑強にグインは言い募った。

「こんなところに俺の妻があらわれるわけはない。お前は、俺の心をかき乱すために、アモンがさしむけたまぼろしにすぎん」

「私、まぼろしでもまやかしでもないわ」

シルヴィアの唇がふるえ、その小さな顔がひきゆがんだ。

「私は……私は、私よ。私ちゃんとここにいるじゃないの……ここはどこ？　あなたは、いまどこにいるの、グイン？」

「まやかしの手になど乗るものか」

さらにむっつりとグインは答えた。

「アモン。――きさま、どこかで聞いているのならば、これだけは心に刻みつけておくがいい。これは――今度ばかりはきさまはやりすぎたぞ。これは、いやしくもひとの子を名乗るかぎり、やってはならぬことだぞ。ひとの心のなかに押し入り、その弱点をつかみだし、もてあそぶ――そのようなことをするものは、人間ではない。むろんきさまがもともと人間だなどとは思ってもおらぬが、それにしても、きさまはまだ、パロの王太子を標榜しているのだろう。ならば、きくがいい。このようなやりかたで中原を――パロを制することができるとでも思っているのか。ならばそのきさまの思い違いはこの俺がただしてやるぞ。アモン」

「アモンって誰。誰に話してるの、グイン。私はここよ――私はここにいるのよ」

シルヴィアが怨ずるが如くに云った。グインはあいてをにらみつけ、その罠をあばきたててやろうという一念にとらわれた。

「ここだと。では云ってみるがいい。ここは一体、どこのことだ。シルヴィア――いや、シルヴィアを名乗るまやかしめ」

「ここは、ここだわ。黒曜宮のあなたの寝室じゃないの。あなたと、私との」

「ここはダーナムとクリスタルの中間、ヘンレーの村とかいう、名も知られぬへんぴな村の近くにある赤い街道の上だ」

グインはむんずりと云った。

「黒曜宮にも、まことのシルヴィアにも――俺は、何千モータッドもの遠きにあるのだ。消えろ、悪霊」

「ねえ。どうしてそんなことをいうの？　どうして、私のことを、さっきから、まやかしだの、悪霊だのというの？　本当に、そう思っているの？」

シルヴィアは泣き出した。彼女の涙はいともたやすくあふれてくるのだった。

「本当に、私がわからないの、グイン？　私が本物かどうかさえわからないくらいに、私から離れてしまったの？　からだだけではなく、心も私から離れてしまったの？　そうなの？」

「まことのシルヴィアならば……」

グインは、だまされまいとなおも険しい顔で言いつのろうとして、思わずことばに詰まった。まことのシルヴィアならば、そのような心弱いことをくだくだと言いつのるはずはない――そう言いかけたが、まことのシルヴィアであったら、まさしくいまこの幽霊がしているのとまったく同じ反応をするであろう、ということが、突然に思われたのである。

「私、本物よ。本物もにせものもないわ。私、シルヴィアだわ。……グイン、ねえ、お願いよ。いったい、あなたは、いつ帰ってくるの？　もう、私――もう、私、待っていられない、あなたがいってしまってから、いったいどのくらいの月日がたったのかももうわからない。もう、あなたは帰ってこないのだとみんな思い始めている――しかも、あのイヤな女官たちは、それをみんな……みんな、私のせいだと陰口をきいているのよ、私は知っているんだから」

シルヴィアは啜り泣きはじめ、小さなとがったあごに幼い子供のように涙をつたわらせてしゃくりあげた。あわれな泣き方であった。

「あの女官たちってば――なんだって、あんなに意地がわるいのかしら。昔も意地悪だったけど、いまももっともっと意地悪。……きっと、私があなたと結婚したことをねたんでいるのかもしれないわ、いつだって、あなたのことは、女官たちはそれは大騒ぎなんだから。――本当よね、ばかばかしいくらい、あいつらは、あなたに夢中なんだわ。素敵だの、世界で一番頼もしい男性だの、この世の最高の英雄だのって……もっとイヤらしいことを貴婦人たちだっていってるわ。あなたのそのからだをみたら、世界で最高の寝床のお相手だって……私になんか、あなたの相手はできやしない、私が壊れてしまうだろうし、そうでなかったとしても、とにかく私なんか、骨と皮ばかりで、抱いてやるほどのねうちもない、何ひとつ面白みのない相手だろうって……そうなのよ。私がきいてると知らないで、廊下の戸の向こう側でそういってあの意地悪なメスオオカミどもがげらげら笑っているのを、私きいてしまったんだわ」

「……」

「あいつらはずっとずっと、私がまだほんとに小さい子供のときから私のことが大嫌いだったのよ……そうして、ずっといつも私のことをいじめてきたわ。陰口ばかりたたいて——だから、私、陰口を立ち聞きする方法がすっかりうまくなっちゃった。誰がなんていって私の悪口をいっているのかは、みーんな覚えているわ。いまにかならず、かたきをとってやる、しかえししてやる、ってそればかり思っていたんだから。子供のときから、ずうっとよ」

「……」

「いまじゃ、あいつらは、私がケイロニア王の王妃で、しかもグインの妻だっていうことに一番腹をたてているわ……おまけにあのメスオオカミどもときたら、おきれいでごりっぱなオクタヴィア『ねえさま』がほんとにお気に入りなのよ。オクタヴィアさまは女にしておくなんてもったいない——あいつらはそんなことばかりいっているわ。ほかのことなんか、考えてもいないんだわ。なんとか、オクタヴィアさまに、男装してみていただけないかしら、とか、でもドレス姿もうっとりするほどおきれいだとか……凜々しくて、気品があって、しかも優雅で、理想的な貴婦人だとか……それはいいわよ、そんなのは、勝手にするがいいわ。だからって——だからって、どうして、それとことあるごとに比べられて、私がおとしめられなくちゃあならないのよ？」

「……」

「ねえ、グイン——あなたは、いったい、どんなところにあなたの最愛の妻を置き去りにしていったか、わかっていて？　私の味方なんて、ひとりもいやしないのよ。よくて、ひとりもよ！　本当に、ただのひとりとして！　私の味方はいないのよ。まわりは全部敵ばかり——あなたは、そんなところに、私を置いていったのよ！　ねえ、わかっていて？」

「……」

「オクタヴィアさまはあんなにおきれいで凜々しくて、お優しくて聡明で、お背がたかくてスタイルがよくて、おまけに素晴らしいお母様でおありになるのに、あのぶすのガリガリの貧相なちびの妹ときたら——ふためと見られないわね、あんなのを奥方にもらうなんて、グイン陛下があんまりお可愛想よ——まるでつりあわないじゃないの、あれこそことわざにいう、『メダカ《ヨーム》とクジラ《ガトゥー》』——あんまり違いすぎて一緒になれないっていう、あのたとえそのものじゃないの、とか……そうよ、あのメスオオカミどもは、本当は、オクタヴィアがグインの奥方だったらとてもお似合いなのに、ってうわさしているわ……自分がグインに振り向いてもらうのはとても無理だから、そのかわりに、夫に逃げられてしまった可愛想なオクタヴィアさまをグイン陛下が幸せにしておあげになればいいのに、っていうわけなのよ！　ご生憎さまね、グインは私の夫で、ちゃんと婚礼をあげた正式な私の夫なんだから！」

「……………」

「だけど、あいつらはみんなうわさしている——女官たちなんか、私にきこえたってかまわない、むしろいい気味だと思っているんだわ。私がまだ寝室で寝ているのに、そのすぐ隣の室でリネンをたたみながら、グイン陛下がなかなかお戻りにならないのも無理はないわね、あのぶすのちびのヒステリー女が待っている寝床になんか、どんな男だって帰ってきたくなんかなるわけがないわ、って言い合って大笑いしているんだわ。本当に、私がもっと力がありさえしたら！　そしたら、私、あいつらみんな雷に打たせて殺してしまうのに！　あいつらはみんな死んでしまうべきよ！　あんなに底意地が悪くて、あんなにひどいことばかり——あんなにも悪意にみちている女たちなんて、みんなまとめて死刑にしてしまえばいいんだわ。でも男たちだって同じ」

「……………」

「私、みんな大嫌い。本当に誰もかれも大嫌いよ。私、なんで生まれてなんかきたんだろうと思うわ。私なんか、生まれてこなければよかったんだわ。そうしたら、みんな、きっともっと幸せだったんでしょうよ。それほどにでも、私が、あの人たちにいったいどんな悪いことをしたというの？　私、あの連中になんか、何ひとつ——宮廷のあのばかげた貴族どもだの、貴婦人どもになんか、何にも、舌ひとつ出したことはないのに。私のこと、あれこれとあげつらってばかりいて——しかも、あの、キタイにさらわれたときのことをいつまでもいつまでも——本当に意地のわるいことばかり……あのとき、私がユリウスに誘惑されたのを、いつまでもいつまでも——ケイロニアの皇女にあるまじき恥知らずだの、グイン陛下にそのような皇女の恥ずべきふしだらの尻拭いで結婚させるなんて、皇帝陛下もあのときばかりは見損なっただの……本当に、ひどいことばかり……私、あそこまで、むごいことばかり云われなくてはならないような、いったい何をしたというの？」

「……………」

心ならずも——

グインは、いつのまにか、その、《シルヴィア》のくりごとに、ひきこまれてしまっているおのれに気づかなかった。それは、あまりにも、グインにとっては、耳慣れてしまったくりごとであり、結婚以前、まだ彼女をやっとキタイから救出して帰国する途上でも、またもっと前に、グインがまだ一介の百竜長として皇帝をおびやかそうとする皇弟ダリウス大公の陰謀を相手にまわして大活躍していたころにも、何回となく聞かされたことのあるシルヴィアの悶々のもっとも典型的な繰り返しでしかなかった。

彼女は、その考え——世界じゅうが敵であり、彼女のふしだらをなじっており、そして、ケイロニア宮廷は全員が彼女を嫌っていて、さげすんでいて、敵視している、という考えに、とりつかれてしまっているようにみえた。そして、きわめて不幸なことには、それは必ずしもシルヴィアの思い過ごしでもなかった。

事実、ケイロニア宮廷は、身分いやしいダンス教師などの誘惑に目がくらんで、キタイに拉致され、そしてキタイでその純潔を失うことになったケイロニア皇女を、本心から許したことはたぶんひとたびもなかった。ケイロニア人の気質はきわめて朴訥で質実剛健、そして剛毅で融通がきかぬ。また、貞操観念については、きわめてかたくなでもあり、ケイロニアにおいては、不貞、ふしだら、不道徳、などという悪徳は、もっともいみきらわれるものである。同じほどにさげすまれるのはただ、臆病と怯懦、それだけであっただろう。

ケイロニアでは、貞節、というのが至上の婦徳となっており、どれほどすぐれた女性であっても、男性関係が乱れていれば、それはいやしむべき娼婦とされる。もしも、かのパロの奔放な聖騎士伯リギアだの、フェリシア夫人などがケイロニア宮廷の女性であったとしたら、たとえどれほど彼女たちが美女であろうと、上品な貴婦人たちはその素行についておそろしげにささやきあい、声をかけることさえいさぎよしとせぬほどに彼女たちを嫌ったであろう。それはある意味では、ケイロニアという国の弱点とさえいっていいほどの融通のきかなさであった。豹頭のグインをあれほどの寛大さとふところの深さで受け入れたケイロニアであったが、みだら、という悪徳に関するかぎりは、世界でもっとも厳格な規範をもっている国であるとさえいってよかった。まさに、淫奔の代名詞とされるクムなどとは対照的であるといえただろう。

そして、ことのほか、ケイロニア臣民すべての尊崇の対象であるアキレウス大帝——その、大帝の息女でありながら、素性も知れぬダンス教師などの誘惑に身をゆるし、そのためにキタイに拉致されて、多大な負担をケイロニアにかけることになった——という、このシルヴィアの過失は、ケイロニア臣民にとっては、許し難いものであった。また、戻ってきてからの素行が、ひたすら悔い改めて、これに懲りてこれからは淑徳の権化のように生きると誓う、というようなつつましやかなものであったら、まだしもであったかもしれぬ。だが、シルヴィアは、どのようにして、失われたおのれの名誉を回復したらいいのかもわかっていなかったし、その方法も持っていなかった。彼女はおのれの受けた傷といたでにうちひしがれていて、ひたすらグインにそれを癒してくれるよう求めるばかりで、宮廷から受けている侮辱や冷遇にいきどおり、うらみつらみをぶつけるばかりであった。グインは、いくたびとなく、シルヴィアの女官たちから、シルヴィアがかんしゃくをおこして女官たちに「あんたたちだってどうせ私のことを傷ものだとばかにしてるんでしょう!」「あんたたちが、グインに私なんかふさわしくないと思ってわらいものにしていることなんか、ちゃんと知っているのよ!」と叫び立て、ものを投げつけたりした、という訴えをきかされて困惑していたのである。

それでも、グインは、ともかくもひたすらにシルヴィアをおのれの大きな力の下に保護してやることに情熱をかたむけていたのだが——

しかし、シルヴィアのそのよるべなさとかよわさ、そしてまぎれもない不幸に、グインは強く義務感と庇護の欲求を感じていたとはいうものの、シルヴィアはなかなかに手強い相手だった。彼女を愛するのは容易なことではなかった——まず、彼女自身が、まったくおのれ自身を愛しても評価してもいなかったからである。グインがどれほど忍耐強く彼女に接しても、彼女は気持のどこかで、グインが、父アキレウス帝に命じられて、シルヴィアを救うためにだけ、彼女と結婚したのだろう、という疑いをどうしても消すことができなかった。グインを見ていれば、彼が、「ケイロニア王」という地位と権力を得るための手段として彼女と結婚したのだ、などと疑うことは出来なかった——ほんのちょっとでも、人を見る目があれば、グインのなかにそのようないやしい権勢欲や計算などが存在すべくもない、ということは、わからぬわけにはゆかなかったからである。だが、そうであればあるほど、シルヴィアは、疑心暗鬼になった。それは、(グインは、私をあわれんで、父の命令で結婚したのだ、こんな私を愛せる人間なんか、この世にいるわけがないのだから）という、あわれでむざんな疑いであった。

2

「そうよ、グイン——あなたは、本当は、帰ってきたくないのよ。そうでしょう！」

いま——

はるかなこの、クリスタルに近い赤い街道の上に張られた天幕のなかに、突如として出現したシルヴィア——ないしその生き霊は、しきりと、グインにむかって涙ながらにかきくどいている。

それは、グインがシルヴィアと結婚して以来、いったい何十回、何百回、そんなことはない、となだめ、くりかえして説得しようとしてきたのかわからぬ、まったくそれと同じかきくどきであった。むろん、そのときの状況に応じて、それぞれに多少いうことばはかわっていたにせよ、シルヴィアのいいたいことは最終的にはいつも同じであった。

（あなたの愛なんか、信じられるわけがない——だって、私はこんなにみんなに嫌われているんだから！）という、ただそれだけである。

「何をいっている——シルヴィア。そのようなことがあるわけがないだろう」

心ならずも――

グインは、おのれがこのおぞましいゲームに引き込まれかけていることに、気づかなかった。

たまりかねて、ついにグインは返答してしまった。シルヴィアは躍起になった。

「そのようなことって、何がよ！」

「俺が――俺が、サイロンに帰りたくないと思っている、などということがだ」

「サイロンには、帰りたいでしょうよ。ケイロニアには、それは帰ってきたいにきまってるわ！　でも黒曜宮は――少なくとも、私のところには、あなたは帰ってきたくないんだわ。そうよ、私にはなんだってわかっているのよ」

「どうして、そんなふうに考えるのだ。――どうして、そんな、ありもしないことを言い立てて、自分から怒ってしまうのだ。シルヴィア」

「私にはわかっているんだもの」

シルヴィアは言い張った。

「あなたは、私から逃げたかったのよ。私から離れたかったんだ。だから、あなたは、お父様に申し出て、パロへの遠征に出させてくれと頼んだのよ！　あなたは――あなたは、その前にだって、私をおいて、あっちへいったりこっちへいったり――まだ新婚の夢もさめてないというのに、とにかくなるべく私といっしょにいないように、なんとしてでも外に出る用を作りたくてたまらないみたいじゃないの！」

「何をいっている。そんなことがあるわけがないだろう！」

「じゃあ、私と一緒にいたいとでもいうの？」

「決まっているだろう！　俺たちは、もうちゃんと婚礼もすませた夫婦なのだぞ」

「無理やりに、お父様にいわれて婚礼をあげたのじゃないの。本当は、あなたは、オクタヴィアと結婚したかったのよ。そうでしょう！　私にはちゃんとわかってるんだわ」

「何を、馬鹿なことを！　オクタヴィアは、マリウスの妻なのだぞ。可愛いマリニアという子供までいる。いったいどうしてそんなことを考えるのだ？」

「でもマリウスは出てっちゃったじゃないの！」

　いっそう、顔をひきつらせてシルヴィアは言いつのった。涙はもうかわいていた。そのかわりに、その顔は怖いくらいに青ざめ、彼女はまるで鬼女のようにみえた。

「あなたもお父様も、マリウスが出てってしまったのを本当は喜んでるんだわ。あとは私が死ぬか、出てってしまうか……二度と帰ってこなくなりさえすれば、万々歳なんだわ、ケイロニアの人たちはみんな！　だって、そうしたら、誰よりも女王にふさわしい、あの光り輝くような堂々たる美人のオクタヴィアさまと、地上最大の英雄グイン王とが晴れて結婚して、そうして、素晴らしいケイロニア皇帝のあとつぎ夫妻が誕生するんだもの！　みんな、本当は、オクタヴィアとグインこそお似合いだと思っているのよ——

そういってるのを何回もきいたわ。私なんか、オクタヴィアの靴をみがくだけの値打ちもない、ゴミみたいな女だって」

「いったい、誰がそんな酷いことをいったというのだ。あなたは、いつだって、誰かがあなたのことをそんなあまりに酷いことをいったといって憤っている——あまりにもいつもいつも、あなたは誰かがあなたの悪口をいっていると訴えている……そんなに、宮廷のものたちがあなたの悪口ばかり言ってるはずなどないだろう。それは、シルヴィア、あなたの妄想ではないのかと、俺は……」

「なんですって！」

グインは、うっかり、口をすべらせて云ってはならぬことばを吐いてしまったことを悟った。そしてあわてて口をつぐんだがもう遅かった。シルヴィアの目が、たちまちすさまじいばかりの激怒に燃え上がり、いまにもそこに倒れてしまいそうに彼女は興奮してしまった。

「なんですって、い、い、なんですって！　ああ、なんですって！　あたしの妄想！　あなた、いまそういったの？　よくも——よくもそんなことがいえたものね！　あれだけ——あれだけ、あんなにいろいろ……あんなに私のことをなだめるふりをして、あれは……あれは全部嘘だったの！　あなた私のいうことなんか、少しも信じてなかったのね！　ずっとずっとずっと、信じるふりをして私をだましてたのね！　そうなんだわ、あなたは私をだましてた

んだわ！」

シルヴィアの声が金切り声に高まってきた。

それでも、誰ひとり、室のようすをみに入ってくるものはいなかったが、グインもまた、すでに、夫婦のいたみの根底にあまりにも直接にふれるこのやりとりにひきこまれてしまっていたので、もうまわりのようすなど、念頭になかった。それは、彼にとっては、あまりにもしばしば、というよりも毎日かならず、何かのきっかけをとらえてはたちまち起こって彼を絶望させる、彼の知っている唯一の、夫婦のかたらいにほかならなかったのだ。

「シルヴィア。落ち着いてくれ。頼むから、大声を出さないで、落ち着いて話をきいてくれ――」

「イヤよ！」

シルヴィアはありったけの声をはりあげて絶叫した。その目がつりあがっていた。

「もうあなたなんか信じない。二度と信じない。やっぱりそうだったのね。やっぱり、私が思ってたとおりなんだわ。あなたは、私をだましてたんだわ。ずっとずっとだましてたんだわ。ああ、くやしい、くやしい、くやしいぃぃぃ！　私はだまされてたんだ。だまされたんだわ！」

「落ち着いてくれ。シルヴィア、誰も、誰のこともだましもだまされもしていやしない。

オクタヴィアはマリウスの妻で、俺にとってはそれ以外の何ものでもない。いわば義理の姉ではないか。それを、なんで宮廷の連中がそのようなことをいうことなど……」

「ないっていうの。私が、うそついてるっていうの」

「そんなことはいってないが……」

「云ってるじゃないの。宮廷の連中がそんなことをいうはずない、っていうんだったら、それは、私がうそついてる、っていってるんじゃないの。第一、あなたは、オクタヴィアはマリウスの妻で、ってさっきから云ってる。じゃあ、もしも、オクタヴィアがマリウスの妻でなかったらどうなのよ？　そうしたら、やっぱり私なんか追い出して、オクタヴィアと結婚したいと思っているんじゃないの？　本当は、あなたやっぱりオクタヴィアが好きなんだわ。そうなんでしょう！　私、わかるのよ——オクタヴィアがあなたを好きなことだって。オクタヴィアのあなたを見る目つきに私ちゃあんと気が付いているんだから！」

「シルヴィア、シルヴィア！　いい加減にしてくれ。いったい彼女がどんな目つきをしたというのだ？　俺はそんなもの、気づいたことさえないぞ！」

「ああ、そうよね、あなたはいつだってご清潔で清らかなケイロニア人の典型ですもんね！　そうですとも、私だけがみだらで不潔でケイロニアにもケイロニウス皇帝家にも恥をかかせた忌むべき存在なんだわ！　私なんか、疫病のようなものなのよ。私なんかがいると、ケイロニアの国が――このご清潔なケイロニアの国が腐ってしまう、あなただって内心そう思ってるんだわ、決まってるわ！」

「シルヴィア――」

「でも、あなただって本当はオクタヴィアが好きなのよ。そうなんでしょう？　そうでないわけがないわ。だって彼女はあんなに美人でスタイルがよくて賢くて何から何まで出来すぎなくらいよくできるんですもの！　剣だって強いし、料理もうまいし、おまけに頭もよくて！　ほんとにすばらしいお姉さんだこと！　すばらしい姉をもって私ほんとに幸せだわ！　おかげでみんな私のことを、ほんとに、いったい何から何までよくまあこんなに姉と似ても似つかない妹ができたものだっていうさげすみとあわれみの目で見るんだわ！　あなただって本当はオクタヴィアのほうと結婚したかった、でももうそのときには彼女はマリウスの妻だったから、私で我慢したんでしょう！　ええ、そうなんでしょう？　本当のことをいって！　云ってよ！」

「何をばかなことを……」

「どうしてばかなのよ！　本当のことというのがどうしてばかなことなのよ！　ねえ、お願いだからいって、決して怒らないから！　だまされているよりどんなにつらくても本当の真実に直面したほうがまだいいわ。お願いよ、教えて。あなたは本当はオクタヴィアを愛しているんでしょう？」

「シルヴィア、そんな考えかたはどうかしている——」

「そしてもう、マリウスは出ていってしまった。もう、オクタヴィアは自由なのよ。これでもしマリウスが帰ってこなかったら、もう戻ってきたところで、ケイロニア宮廷は決して彼をもういっぺん許したりしないわ。ここがどんなに寛大で親切でやさしいところか、私とってもよく知ってるのよ！　自分がどんな目にあったか、身をもって知ったんだから！　ここは、決して決して過失を許さないところよ。ほんとに、まるで北方の氷雪の国みたいに冷たいところよ！　あなたやオクタヴィアみたいな完璧な、完全無欠な人ならいいでしょうよ。とっても居心地がよくて、素晴らしい国だと思うに決まってるわ。だけど、そうでない人間にとってはここは地獄なのよ！　ああ、私、マリウスが出てった気持がよっくわかるわ！　私だって出てってしまいたい、いっそマリウスと一緒に出てって自由に暮らせたらよかったくらいだわ。そうしたら、あなたとオクタヴィアだって、一緒になって、とってもご立派な国王夫妻になって幸せに暮らせて、みんなうまくいったと思わない？　ねえ、そう思わない？」

「シルヴィア、だがマリウスはマリウスの事情もあれば——オクタヴィアを愛していなかったというわけでもないのだぞ——」

「ああ、そうよね！　マリウスだって、オクタヴィアに夢中なのよね。みんな、あのひとに夢中なんだもの。そうでないわけがないわ。あんなに素晴らしいんだものね！　ほんとに、ありがたい幸せだわ。あんな姉をもって！　しかも、大人になってから突然完璧なすがたであらわれてくるなんて、まるでイラナ女神の出現みたいに！　誰だって子供のときにはもっとつらかったり、未熟だったりいろいろなことがあったはずよ。だけどその時期は知らないんだもの、誰だって、彼女のことをなんて素晴らしい女性だろうってほめたたえるわ！　ますます、私が三歳のときに大広間でお漏らしをして大恥をかいたことだの、七歳のときに祭典でテーブルクロスの上に赤はちみつ酒をこぼしてしまったことだの、十二歳のときに神殿でろうそくをサリア女神にそなえようとしてころんだことだの……そうして、ユリウスにだまされたことだの——生まれてこのかたの私の失敗や恥をぜんぶ数え上げて、みんな、私となんて違うんだろうってオクタヴィアをほめあげるのよ！」

「シルヴィア、彼女がどれほど苦しい、つらい過去をもち、それから立ち直ってきたのか、知らないとでもいうのか？　目の前で母親を惨殺され、そのあと、男性として、おのれのいのちをも狙っている悪人たちの目をのがれつつ、母の復讐を誓って剣の修業にはげみ——」

「うるさいわね、そんなこと、知ってるわよ！　なんだかまるで吟遊詩人のサーガみたいなお話よね！　そうやって、ますます、彼女は偉大なすぐれた女性としての名前をあげ、私はますます下らない一文の値打ちもないなさけないふしだら女に下落してゆくんだわ。どうして、あなた、私となんか結婚しようっていう気なんか起こしたのよ！　とっとと私なんか放り出してオクタヴィアのところにゆけばいいじゃないの。いまが一番いい機会よ……マリウスに逃げられて彼女はしょげかえってるわ――もしかしたら、それは淑徳の見せかけで、本心はもうあんな何もできない、おまけにキタラをひいて歌うしか能のないごくらくとんぼなんか、愛想がつきてるのかもしれないけど！　だから、ちょうどいい厄介ばらいだと思ってるかもしれないけれど！　そうだったら、なおのことよ。いまがチャンスよ、グイン、いまが彼女を手にいれる最高の機会じゃないの！」

「シルヴィア、いい加減にしないか――」

「あら、何よ。私を置き去りにしたまま、何ヶ月も放りっぱなしの夫のくせに、怒るの？　私に怒るの？　怒る権利があんたにあって？　あんたは私を置き去りにしたんじゃないの。私を捨てたんだわ。私があんなに、あれだけ、置いてゆかないでと泣いて頼んだのに、あなたは私のことをまるで古いぼろぎれみたいに放り出して嬉々として遠征にいってしまったわ。もしかして、みんなのうわさしていたとおり、パロのリンダ王妃って、あなたの昔のいいひとだったの？　なんか、変な話、みんながしていたわ――あなたが、その昔、リンダ王妃の傭兵だった、なんて話――そうして、ノスフェラスの砂漠やレントの海をずっと一緒に旅していたって話。彼女って、いま中原で最高の美女とされているわよね！　そんな美人とずっといっしょにいて、あなた、心は動かなかったの？　そうして、彼女は？　あなたのような英雄に求愛されたら、心の動かない女なんてこの世にいるわけはないわ。あなた、リンダ王妃と何かあったの？」

「シルヴィア――」

「それで、昔の恋人のもとに急いでかけつけたの？　アルド・ナリスが死んだから、彼女も自由になって、もう誰とでも再婚できるってわけ！　あなたは本当は、リンダ王妃でもオクタヴィアでも……私以外の女だったら誰でも自分のことをもっとずっと幸せにしてくれるのにって思って私のことが嫌いだったんだわ。だから、大急ぎで私をおいてパロへむかって逃げ出していった、そうなんでしょう？　もう、私すっかりわかったわ。あなたの考えがすっかりわかったわ」

「シルヴィア――」

「あなたがそんな不誠実な男だと知ったら、アキレウス父上はいったいなんておっしゃるかしらね？　きっときっとがっかりなさるわ。そうよ、それに……あんまり、ひとのことをないがしろにして、ふみつけにするんだったら、私にだって、考えがありますからね」

「シルヴィア……」

「そうよ。私云ったはずよね。あなたに――あなたが黒曜宮を出てゆこうとするときに、云ったはずよ。私をおいていってしまうんだったら――私をひとりにしないって約束した、あんなに固く約束したのに、こんなにむげに私をおいていってしまうんだったら私にも考えがあるわ、私、誰でも手当たり次第、そこらへんの男と寝てやるわよ、ってね」

「……」

「それをきいたらあなた、ほんとに世にも冷たい顔をして私を見たわね。まるでほんとに北方の氷雪の国みたいな顔で。私をさげすみきった目つきだったわ。でも私、あんな目でみられてもまだ、そんなおどしを実行する勇気がなかったの。私ってなんて臆病者だったのかしら……本当に、こんなふうにして、無視され、ないがしろにされ、ふりすてられてまで、まだ……そうよ、何にもしてやしなかったわ。だけど、あなたはわからないでしょう——わからないふりをしてるんでしょう。だってあなただって、ケイロニアのかっちん玉のひとりだものね。朴念仁の、わからずやの、わからんちんだもの。アレだってへたくそで……あなたのこと英雄英雄って崇拝してる女どもに教えてやりたいくらいだわ。ユリウスのあのすんごい性技と比べたら、あんたたちの豹頭王様なんて、ほんとにただの青くさい兵役前の子供みたいよって。生まれてはじめて女を抱いたみたいにおろおろしてたわよって。——そうよ、あなたはこんな大事なこと、わからないふりをしてればすむと思うのかもしれないけど、私は……私は、東の国でずっとユリウスに抱かれていたのよ。ユリウスは手管のかぎりを尽くして毎晩私のこと、可愛がってくれたわ。それにすっかり私のからだは馴れてるのよ……その話だって、正直にしたはずよ。あなた、それでもいい、自分にできるかぎりのことはするっていったじゃないの——私は病気なんだ、ユリウスに病気にさせられた可愛想な犠牲者なんだって。だから私、そうじゃないって云ったでしょう。だけどあなた……あなたはわからないふりをしてた。私のいいたいことがわかってないって顔をしてさ……私、いったじゃないの。私、しないと体がおかしくなるのよ、ユリウスにそういうからだにされちゃったのよ、そんな私でもいいの、って。私、何回もきいたはずよ。あなた、でもそのときは何もかもわかってる聖人君子みたいな顔をして、自分はどんなことでも受け止めてあげる、そうして私の病気が直るまでついていてあげる、って約束したじゃないの——うそつき！」

この痛烈な罵声をあびせられて、グインは心ならずも辛そうに顔をそむけた——が、しいておのれを落ち着かせようとする態度はかわらなかった。

「これが私の病気なんだっていったはずよ！　ユリウスは、私のことを、変な薬と魔道の催眠術と、ありとあらゆるクムの廓仕込みの性技をつかって中毒にしようとしたわ。そうして、私、満足のためならどんな恥ずかしいことでもする変態にされたんだわ。そのことだって、あなたに私、何ひとつ包み隠さずにいったし、あなたはそれでもいい、私は可愛想な犠牲者なんだ、っていってくれたじゃないの！　あれは——あれは嘘だったの？　あなたは、あのときそう思ったけどいまはもう全然そんなこと、思ってもいないの？　私が男なしじゃいられない体にされて、そうしてもうそのあとは＊＊＊＊が＊＊＊＊＊！」

突然、シルヴィアの唇から、たいていのクムの女衒でも仰天しそうな、猥褻きわまりない形容詞が飛び出した。それは、ケイロニアの皇女どころか、最悪のクムの女郎でもめったには思い切って口にできないようなすさまじいみだらな単語の羅列であった。そうしながら彼女は、これまたクムの最悪の女郎でさえしないようなやりかたで、やにわに座り込み、両足をひろげて、世にも下品な格好をしてみせた。グインは豹頭であるから赤面はできなかったが、もし出来たらむしろ赤面というよりは蒼白になっていたかもしれぬ。グインのたくましい肩がふるえた。だが、グインは歯をくいしばって、何も云わなかった。

「何よ、この＊＊＊＊野郎！　私をちゃんと毎晩抱いてくれもしなかったくせに！　この上私のことを放っておくなら、もう私我慢できない、もうからだがおかしくなっちゃう、もう私、町に出て男を拾って＊＊＊＊わよ！　そうしたら、ケイロニアの豹頭王の名誉も体面もあったもんじゃないわね！　お父様だって、今度こそ早く私を死刑に――暗殺したほうがマシだと、ケイロニア皇帝家の名誉のために、こんな色きちがいの娘を抹殺してやろうとお考えになるに違いないわ。そうしてほしいもんだわ――そうしたらこんな苦しいつらい人生も終わるし、あんたはオクタヴィアとうまくやれるわよ！

リンダ王妃とだってね。両方を手玉にとるくらい、出来るでしょう、＊＊＊なんだから！　あんたの＊＊＊は＊＊＊＊なんですもんね！　そうよ、誰でもいいから＊＊＊＊くれって私、サイロンに男拾いにいってやる――ううん、それより、宮廷でかたっぱしから貴族でも騎士でも将軍でも、くわえこんでやる。これでもこんなに痩せちゃっても、いっぺん私と＊＊たら誰だって随喜の涙流して＊＊＊が＊＊＊＊＊っていうわよ。だって私のアレはユリウス仕込みなんですからね！　どう、なんとかいったらどうなの、この＊＊＊＊野郎！」

「やめろ」

グインは押し殺した声で云った。その目が、危険な光をたたえて燃え上がった。

「やめろ」

シルヴィアはやめなかった。かわいた唇をなめ、やめるかわりにもっと激しく猥褻な身振りをし、声を大きくした。

「あんたが＊＊＊＊でくれないんなら、私自分で＊＊＊＊するわよ！　さもなきゃ宮廷じゅうの男をくわえこんで＊＊＊＊＊！　どうよ、これでも、そんな偉そうにすましかえってひとにお説教垂れてるつもり、この……この＊＊＊＊＊！」

「お前は……」

グインは呻いた。

「お前はシルヴィアじゃない。お前は幻だ。お前はまやかしなんだ。お前は……」

「あら、ご生憎ね！　そう思いたいのはやまやまでしょうけど、これが私よ、これが豹頭王グインの妻シルヴィアそのものよ！　それを認めるのがイヤだったら、とっとと私のことを叩き切って、かわりにオクタヴィア《お姉さま》となりリンダ王妃様となり＊＊＊＊したらどうなの！　どっちもさぞかし喜ぶでしょうよ、あんたの＊＊＊が＊＊＊＊に＊＊＊ってやったら……」

「やめろ！」

グインはいきなり、呪文をとなえ、スナフキンの魔剣を呼び出した。その手のなかに、蒼白く輝く光の剣があらわれる。シルヴィアは喋るのをやめ、びっくりしたようにそれを見つめた。

「失せろ、幻め！　アモンの罠になどかかるものか。そうだ、これは幻だ――卑怯だぞ、アモン！　こうしてやる！」

「な――何するの！」

シルヴィアが絶叫した。

「何するの。私を切るつもりなの。まさか、本当に私を切るつもりなの。それがあなたの本心なの。あなた、私を切るの？」

「きさまは幻だ。シルヴィアじゃない」

グインは絶叫した。そして、やにわに、もはやそれ以上耐えられなくなって、スナフキンの剣をふりあげ、ふりおろした。

「きゃあああ！」

絹をさくような悲鳴——

が——

グインはわが目を疑った。

剣は、シルヴィアに当たった、とみえたせつな、もう、そこにはなかった。スナフキンの魔剣は、消滅してしまったのだ。

「あ——あ！」

グインは息をのんだ。

スナフキンの魔剣が効力をもつのは、魔道、魔の者に対してだけである。うつつの存在を切ろうとすると、それは効力を失ってたちまち消滅してしまう。それが消滅したからには、これは、幻でも魔道のあやかしでもなかったのだ。

「あ……」

「切ったわね」

シルヴィアの絶叫が響き渡った。

「あなた、私を切ったわね！　それが、あなたの本心なのね！　あなたは——私を憎んでるのね！　いまやっとわかったわ、あなたは、私が死ねばいいと本当に思っていたのね！」

3

「シ――シルヴィア……」

「やっとわかったわ。それがあなたの本心だったのね！」

シルヴィアはもはや、半狂乱を通り越していた。

その形相は鬼女もかくやと目がつりあがり、いまにも泡をふきそうな感じで顔は真っ赤に充血し、髪の毛を振り乱してのども裂けるほど絶叫しつづけていた。これほどに彼女が激昂したことは、これまでの短い不幸な結婚生活のなかでさえ、はじめてであった。

「嘘つき！　人殺し！　本当はあたしを殺したいんだ！　殺そうと思ってるんだ！　嘘つき、悪魔、鬼！　人殺し、人殺し、人殺し！」

「シルヴィア――シルヴィア――」

グインは驚愕のあまり、ただ彼女の名前を呼ぶことしかできなかった。

「よくも切ったな！　よくも私を切ったな！」

シルヴィアは絶叫し続けた。あまりに興奮しすぎて、声にもならぬくらいだった。じだんだをふみ、おのれのからだを床にたたきつけ、髪の毛をかきむしってころげまわる彼女のありさまに、グインはただ茫然とだらりと手を垂らしたまま立ちすくんでいた。

「アアアアア！　ヒイイイイ！　グインがあたしを殺す！　人殺し！　お父様にいってやる！　いやあああ！　夫じゃない、お前なんか夫じゃない！　化物、化物のくせに！　いやぁぁぁーっ！　アアアーッ！」

「シ——ル——ヴィア……」

グインは、狼狽の極に達しながら、シルヴィアをなんとかなだめようと手をのばした。シルヴィアはころげまわってその手をのがれた。そうしながらなおも、もうことばにもならぬような絶叫をあげつづけていた。そのうちに彼女はおのれの頭を激しく床にうちつけはじめた。ガン、ガンと頭の骨が床にあたってたてるすさまじい音がきこえはじめ、彼女はいっそうかれがれな絶叫をはりあげる。グインは、なんとか取り押さえようと、シルヴィアのからだをつかんだ——

つもりだった。

その瞬間。

シルヴィアのからだはあとかたもなく消滅していた。

全力をあげてシルヴィアのからだをかかえこもうとしていたグインは、その対象がふれようとした刹那に消滅したので、そのまま前に転倒しかけ、反射的にすばやく手をついて身をささえた。だが床の上には何ひとつなかった。グインは、茫然とその床の上を見つめた。

「こ――これは……」

夜が、ふいに、どっと彼の意識のなかに流れこんできた。グインは肩で激しく荒い息をつきながら、ただひとり、夜の底に残されていた。そこは、いつのまにか彼がそう信じ込んでいたように、サイロンの黒曜宮の、夫婦に与えられた豪奢な寝室――これまでに、グインとシルヴィアとがこの短い新婚の期間のなかにさえ何十回となく口論――ほとんどがまったく一方的な――を繰り返してきた、あの見慣れた寝室ではなく、天幕のなか――ひっそりとした、赤い街道の上にじかに張られた遠征軍の天幕のなかでしかなかった。

「まやかし……」

グインの口から、苦しいうめくような声がもれた、そのとき。

くくくくく――

低い、無性に気にさわる笑い声が、はっとグインのからだを硬直させた。

グインは飛びすさった。同時に、腰の剣を引き抜いていた。なかば以上は、シルヴィアに対してずっとおさえつけていたおのれの憤懣や反発がそこにほとばしったかのようだった。

天幕の入り口——さっき、シルヴィアが最初に立っていたところに、小さなほっそりした——だが、シルヴィアとはまったく似ても似つかぬすがたがあった。

ほっそりと華奢な、十四、五歳の少年のすがた——はっとするほど美しい、だが恐しいほどに邪悪なものを感じさせる——

ぬば玉の黒髪がぷっつりと首のところで切られ、額の上で切りそろえられ、その上に、炎をちりばめたような細い王家の環が輝いている。ふつうの環ではなく、それそのものが生命ある光蛇をまきつけてでもいるかのような、ふしぎなおぞましい環だ。そして黒い長いマントをまとい、その下には白っぽい膝の上くらいまでのゆったりしたトーガを着てサッシュをしめ、その下は同じ色のゆったりめの、膝のところでかるくしめた足通しをはいている。胸もとに巨大なメダルがかかっている——そのメダルの柄は、凶々しい、真紅の紅玉を目にはめこんだ竜の頭だった。腰にしめたサッシュは黒っぽい皮だったが、そこにもルーン模様とも違う奇妙な模様がちりばめられ、そしてそのサッシュから、あまり中原では見慣れない、先の曲がった東方ふうの短剣がぶらさがっている。

「アモン！」

グインの口から、吠えるような叫びが飛び出した。

それは間違いなく、パロの《王太子》を名乗る魔道の王子アモンだった。

だが、つい一、二日前にアモンが、グインの室をやはり魔道によって訪れ、はじめてその邪悪な本性をはばかることなくむき出しにした、そのときには、確かに彼は、まだせいぜい、いって十二、三歳にしか見えなかったのだ。

むろん、彼は、まだじっさいには生まれて三ヶ月あまりしかたっておらぬはずであり、それが、そのわずかな時間のあいだに、一気に、通常の人間の十数年分を成長してみせた、おそるべき妖怪ではあった。だが、それにしても――

「どうしたの、グイン」

その、グインの内心の不審がまるで口に出して云われた、とでもいうように、アモンは妖しく美しい濡れたような真紅の唇をゆがめて笑った。その直前に、同じ場所に立っていたシルヴィアのあわれな骸骨のような、しかも髪の毛をさんばらに振り乱し、土気色の肌色をしたすがたをまるで侮辱するかのように、つややかな絹のような真珠色の肌と、紅玉のように濡れ濡れとした唇、そしてあやしい漆黒の瞳とはこの上もなく美しく、だが蛇のようにおぞましかった。

「僕が、大きくなったと驚いてくれているのかな？　ちょっと、急いで早くあなたにちゃんと大人として扱ってくれるくらい、育ってしまわなくてはと焦ったものだからね――まだ、ちょっと無理をしているから、完成品ではないよ。だけれども、ずいぶんと、格好はついてきたでしょう――もうじき、あなたの愛を受け止めることだって、出来るようになる。もうほんのあと数日時間をさえくれたらね」

「きさま……」

「あんまり急ぎすぎると――かなり無理をしているのは認めなくてはいけない。だってあなたのクリスタルに向かってくる速度が、僕の予想していたよりずっと速いんだもの。……もうちょっと、それぞれの場所で――ダーナムでも、きょうの昼間でも、そこで右往左往して足止めをくらっていてくれるものだとばかり思って、まだあと最低二日は余裕があるだろうと思っていたのにね。あなただって、あの陰気なヴァレリウスが率いる無能な魔道師軍団が合流してからのほうが心丈夫なんでしょう？――だのに、それを待っていてくれればいいものを――あと五日もあったら完璧なのに、あなたときたら、むやみやたらとせっかちなんだものな」

「………」

グインは恐しい形相でアモンをにらみつけた。だが、何もいわず、アモンの心底をはかるように、じっと見据えている。そのトパーズ色の目は、この悪魔の子に会うといつもそうなるように、嫌悪にすさまじく獰猛に光り、首のうしろの毛はさかだっていた。

「どうして、そんなに怖い顔でしか僕のことを見ないのかしらね――僕のほうはこんなにあなたのことを愛しているというのに」

アモンはうそぶいた。グインは食いしばった牙のあいだから、恐しい鼻息をもらした。

「ほざくな」

「いまのちょっとした面会は気に入ってもらえた？——久々の夫婦対面なんだから、あんなにとげとげしく言い争いだの口論だのしないで、しんみりと愛のことばだの、もうすぐに帰れるから——パロのことはパロの王子にまかせて、自分はやはりケイロニアに帰ることにするから、もうちょっとの辛抱だとか、そのようにやさしく語らってあげればあの気の毒な奥方だってもうちょっとは安心できるものを——あなたときたら、まったく、剣の使い方、騎士たちの動かし方こそ知っていても、女心だの、女の扱いかたなんていうものは、これっぽっちも知っていないんだな、気の毒な豹頭王さま」

「うーっ……」

「そんなふうに鼻にしわをよせてうならないでほしいな。ますます、人相が悪く見えるよ……ふふふふ」

アモンは、ひょいと、グインのほうに近づいた。

足はまったく動いてなかったが、かれの軽そうなからだは空中に優雅に浮かびあがり、そして、ひょいと、ちょっとグインに近づいて降りてきたのだった。グインは剣を手にしたままあとずさった。そして警戒心と嫌悪感もあらわににらみつけた。

「どうしてそんなに僕を毛嫌いするの。じっさい、おかしな話じゃない？　僕はそんなに嫌われるようなことをあなたにした覚えはありゃしないよ……いつだって、僕はあなたには丁重で、そうして親切で好意的だと思うんだけれど。——ちゃんと、ほら、いまだって、遠くはなれて寂しがっている奥方に会わせてあげたじゃないの？」

「云うな」

グインは獰猛に囁いた。

「やはりこの魔道のあやかしはきさまのたくらみだな。そんなことは、はなからわかっていたぞ——この悪魔め」

「頭から、そんなふうにして悪魔だと決めつけてしまったら、どんな交渉の余地も、理解しあう余地だってありはしない」

不服そうに、アモンはいった。

「あなたこそは、そんな偏見や先入観を持たない珍しい人だろうと期待していたんだけれどな。どうも、あなたは、僕の期待をことごとく裏切るなあ。——あなたと手を組むことが出来るだろうという——僕とあなたこそが、この世で最高の相棒になりうるという僕の考えは、とんだ見込み違いだとでもいうつもりなの？」

「……………」

グインは、うなり声をあげただけで、答える手間をはぶいた。

アモンはちょっとそのほっそりした肩をすくめた。

「それはそれとして……いまのちょっとした寸劇の幕間劇はお気に召したのかしら？

それとも、あれだけでは、まだあなたに里心をつけるには足りなかったかな？　もう一回、あなたの妻を呼びだして、誤解をとこうとしてみる？　彼女、すごく傷ついてしまっているよ……ずっとあのあと、自分の寝室のベッドに倒れこんで泣き続けている。ただひとり、絶対に自分の味方だと信じて、ひたすらその帰りを待っていた大事な夫が、いきなり自分に斬りつけて殺そうとしたのだもの、彼女のショックと驚愕は無理もないけれど。……本当に気が短いというか、短慮な人だ。まさか、本当にあれが、ただのあやかし、幻影だと思っていたわけじゃあないよね？」

「……」

「あれ。これは驚いた」

アモンは本当に驚いたかのように声をはりあげた。

「それじゃ、もしかしてあなたは、あれが本当に幻影にすぎないとでも思っていたの？　僕の魔道の力を、それほどまでに軽く見ていた、ということなの？　だとしたら、それはずいぶんと大変な間違いをしでかしてしまったことになるよ……そんな、パロのばかげた白魔道師どもじゃああるまいしこの僕が、そんなふうに、子供だましな手妻なんかを仕掛けてくるわけがないでしょう？　僕を誰だと思っているの？　いずれは中原の帝王になる魔王子アモンだよ？——むろん、あれは、本物だったとも……僕が、せっかく会いたがっていた彼女とあなたを会わせてあげようと、親切に夢の回廊を開いて、サイロンにいる彼女と、このクリスタル郊外の天幕のなかにいるあなたを面会させてあげたんだよ。……彼女はまあ、あまり頭のいいほうとはいえないから、夢をみたと思ってそれですましてしまうんだろうけれど、でも、あまりにいまのひと幕はなまなましかったものね。充分に、あなたが本当に自分に対して殺意をもった、殺そうとした、というのは……あの人の頭は酒と薬とで混濁しているから、ほんのちょっとしたらもう、あれが夢のなかのことか、うつつにあったことかなんて、見分けがつかなくなるよ。——でもそれが今回ばかりは正しいってわけ、だって、本当に、あれは、僕が開いてあげた夢の回廊のなかでとはいえ、本当にあなたと彼女が出会って起こったことなんだからね！」

「酒——」

アモンの長広舌のなかで、しかし、グインの注意をとらえたのは、そのひとことだった。

「酒——だと——？」

「そう、酒」

アモンは面白そうにグインを眺めた。

「なんだ、気が付いていなかったの？　それほど、あばたもえくぼに見えるほどに、彼女に何から何まで惚れ込んでいるの、それとも本当は、自分の気持ちを騙そうとしているために、本当のことが見えないように、目をとじてきたの？——彼女はもちろん、酒に溺れているよ。そうに決まっているじゃないの……あのみだらな淫魔のユリウスも、彼女を閉じこめているあいだ、みだらなしうちとそれからその性感をたかめる白蓮の粉――催淫剤として名高いキタイの白蓮の粉もさんざん使って、彼女を麻薬中毒にしてしまっていたけれども、でも、黒曜宮に戻ってからは、思い通りにそんな東方の特殊な麻薬なんか手にいれることはできないし――だから、彼女は、その代理をつとめてくれる手っ取り早く眠らせてくれる友達として、ずっと、もう結婚前からも、結婚してからも、酒を飲んでいるよ。……あのクララって腰元、ただひとり、彼女が親友だと思ってる女が、いつも彼女にいうがままに酒を手にいれてきてやっている。あの娘は、実をいうと、もうとっくにこちらの息がかかっている女でね――べつだん、完全に取り込んだわけじゃない、当人は、自分がシルヴィア王妃に同情しているからやっていると信じ込んでいるんだけれども、本当はそうではなくて、彼女に欲しいだけ酒をくれてやろうと思っていたのは、僕なんだ！」

ひどく面白いことがある、とでもいうかのようにアモンはくすくす笑いをはじめ、なかなか止まらなかった。

グインは、いつのまにか、激昂さえも凍り付くような恐怖と怒り――どうしてよいかわからぬほどの激怒と恐怖のうちに、ただひたすら、相手をにらみつけていた。もはや、キタイ王勢力が、盤石だと信じていたケイロニア宮廷にまで入り込んでいたのか――その事実が、彼を驚愕させ、ひたすらこおりつかせていたのだ。そしてまた、哀れなシルヴィアが、その陰謀にのって、酒びたりにされていた、ということも。

「ねえ、本当に、まったく気づいてなかったというの？　だとしたら、あなたはずいぶんと冷たい恋人だし、ろくでもない新婚の夫で――それはもう、本当には自分なんか愛していないんじゃないかと、彼女にどんなに疑われたところでしかたないよ。むしろどんな女だって、彼女のいうことが当然だといって、彼女に同情すると思うよ！　だって、それって、あなたが、彼女のところを全然訪れてやってもいなければ、彼女が酒くさいのとか、態度がおかしいのとか、そういうことにさえ全然注意を配ってなかった、ってことだものね。――まあ、それは確かに、彼女も、あまりに酒臭い息を吐かないように、においを消しの香りの実を噛んだり、あなたが部屋にくるというと、部屋に香をたきしめさせたりして、警戒はしていただろうし……それにそもそも、彼女の酒が一番ひどくなったのは、あなたが遠征に出かけてしまってからだから、まあ、仕方ないのかもしれないけれどもね！　でもそれにしても、あんなに泥酔して、正体をなくして……おまけに、あんなに淫乱になってしまうなんて、ただごとではないね。やっぱり、彼女の頭は深く深く病んでいると僕は思うよ。……僕ならば、結婚生活どころか、大ケイロニアの皇女としてふさわしいふるまいがどうのというようなことをいう前に、まずは彼女を医師のもとに送り込んで、とにかくあの頭の病気をなんとか直してやらないと、そのうちに彼女はもっと悲惨なことになると思うけれどな！」

「誰が、そんなことをしたと――どういう仕打ちにあって、彼女があんなふうになったと思っているんだ！」

　思わず、ふりしぼるようにグインは叫んだ。アモンは肩をすくめ、ばかにするように婉然と笑った。

「それは、もちろん〈闇の司祭〉グラチウスとその配下である淫魔のユリウスでしょう？　かれらが、あなたをキタイに引きつけるために彼女をさらい、そして、面白半分と大人しくさせておくためと、自分たちのいうことをきかせるために、薬と性と虐待とありとあらゆる方法をつかって、彼女の頭をおかしくしたんでしょう？　そんなことは僕は知らない。僕の生まれるよりずっと前の話だからね。だけれども、ひとつだけ確かなのは、すべての魔道はそうだけれども、それの受け手というか、かけられる側に、それを受ける要素がなければ、魔道は非常にかかりにくくなる、ということだよ。これは何回もあの陰気くさいヴァレリウスが云っていただろう？　レムス王が――って、僕の父上じゃあないか、ははは――ぼくのあのなさけない父上が、ノスフェラスでキタイの魔道師カル＝モルにただひとり憑依され、ほかの三人――あなたも含めてね――はまったく憑依されたりしなかったのは、父上がいつも美しくて活発な僕のおばさまに劣等感をもち、うじうじと悩んでいて、悪魔と取引してでもいいから、力が欲しいと願い続けていたからなんだし、シルヴィアがそうやってごく簡単に色情狂にされてしまったのだって、彼女のなかにもともと、そういうふうになるための要素があったからだということだよ。魔道も虐待も麻薬も、ただそれをひきずりだしやすくするための力を貸してやったに過ぎない——選んで、変わったのは彼女自身なんだ。その証拠に、淫魔ユリウスは同じように、別々の部屋にとじこめたあのあなたの義理の弟もさんざん犯したり、はずかしめたり、虐待したりしたけれど、あの人はわりと平気で、べつだん気が触れもしないし、色情狂になりもしなかったよ。もともと、あの人はみだらなことにはとてもいい加減で、おまけに気持いいことが大好きときているからね。いじめられるのだけはイヤだったけれども、気持いいことはちっともイヤじゃなかった、ってことだよ。そう思うとすごいじゃないの？　同じ目にあっても片方は麻薬中毒の色情狂の飲んだくれになりはててしまい、片方は平気な顔をして、何も変わったことなどなかったかのように——むしろいまのほうが、けろりとして幸せそうに見えるじゃないの。男と女の違いがあるというのならむしろ、男のマリウスのほうがちょっとは、ショックを受けてもいいはずだよ。もともと両刀遣いだったとはいっても、あれだけの目にあわされたのははじめてだったはずなんだから。そう考えるとある意味、あの人もずいぶんとすごい人なのかもしれないなあ」

「きさまの話はもう聞きたくない」

グインは怒鳴った。

「消えろ。でないと切るぞ」

「おやおや。あなたは、本当に僕のことがとことん嫌いなんだな」

悲しそうに——あるいはそれをよそおって、アモンは云った。

「僕のほうはずっとあなたに求愛しているというのに。悲しくなってしまうよ。あまりつれない恋人を見ると……もっと、そうしたら、あなたを孤独にして、この世の幸せのすべてを取り上げてしまいたくなるよ。——あの、あなたの奥方は、とてもいま危険な状態にいるんだよ。わかっている？」

「きさまが、たくらんだからだろうッ！」

グインは唸り声をあげた。

「もう、シルヴィアに陰謀をしかけるな、いいか。それだけは冗談ごとですむと思うな。でなくば、俺は——」

「クリスタルに攻め入ってきさまをあとかたもなくほろぼしてしまうぞ——かい、グイン？　だけど、どうせ、あなたは、最初からそうしようと思っているのじゃないの」

あざけるようにアモンが云った。

「僕は本当に、あなたのために、あなたのためを思って忠告してあげているのになあ。サイロンに戻ってから、どんなことになっても知らないよ。……まず、とにかく僕の忠告としては、もういっぺん夢の回廊を開いてあげるから、なんとしてでも彼女のきげんをとって、いま切ろうとしてしまったのは本当に彼女が目の前にあらわれるなどということはありうるはずもないし、だから本当の彼女ではなくて魔道のまやかしの罠だと信じてしまったからにすぎないのだ、自分は本当に彼女をただひとり愛してるのであって、彼女を切ろうとするなんて、もしもそれが本当の彼女だとわかってさえいれば、何があってもするわけがないじゃないかと、そう申し開きして……なんとかして、彼女の受けた衝撃をやわらげてやることだと思うよ。……彼女はいま、とてもとてもあやうい崖っぷちにいると思うよ。もともとがああいう、精神のもろい人だし、バランスのとれてない人だし……それが、ただでさえ、あなたが自分をおいて、見返りもしないでいってしまったと思ってとてもすねているところに、夢のなかであなたが自分を切ろうとした……あなたが本当は自分のことを邪魔で、嫌っているのだ、と信じかけているからね。――このままいったら、彼女はまっしぐらに破滅の淵に飛び込み、さらにいっそう不幸になってしまうことになるだろうね。まあ、それがもしかして、彼女のさいごの願いでさえあるのかもしれないのだけれど。――彼女は、ずっと、自分を責めているんだよ。ユリウスにだまされて処女を失ったこと、キタイに拉致されてそこでさんざんに犯されたこともそうだけど、それ以前に、あの悪い母親のマライア皇后が父親を裏切ったことや、しかもそれが父の弟と通じたことや――でもその母親と一緒に死ぬことも、母親を助けることも、何もできなかった、ということでもね。考えてみると可愛想な話だね。その、母が死ななくてはならなかった、告発者になったのが自分の夫のケイロニア王だということも彼女は知っている。だから最初から、彼女のあなたへの気持は、とても葛藤ぶくみのものなんだ。その上にそのあと、ああしてさらわれて犯されて汚され、辱められ、彼女は自分に本当に一文の値打ちもないように感じている。しかも、あなたときたら、たとえどれほど統治や戦さについてはたけて、秀でていようとも、こういうことについてはとんだただの朴念仁で、彼女の苦しみも、彼女の葛藤も、何ひとつ理解してやれないときている。——いや、まったく僕は彼女に同情するけれどね！　だからって、誰でも人間は哀しみや苦しみをかかえて生きているものなんだから、ちゃんと一応大人になった彼女が、その自分の苦しみをひとりで受け止めきれないからといって、同情以上のものを——彼女だけが特に親切にされていいと思う理由もないけれどね！」

4

「もう、いい」

グインはうなるようにつぶやいた。いつのまにか、彼は腰の剣から手をはなし、うめきながら、両手でそのたくましい頭をおおって座り込んでいた。

「もう、やめろ……もう、聞きたくない」

「それが、あなたほどの英雄の、文字通りの《シレノスの貝殻骨》だというわけだものね！　じっさい、彼女とあなたが結婚してしまったというのは、僕にとっては――むしろんヤンダルにとっても、最大の素晴らしい出来事だったよ。それまでは、本当に、あなたこそ、この地上で唯一の、どうにも征服することもできず、つけこむ弱味もない完璧な戦士にみえたもの。でも、あなたは彼女と結婚してしまった――ヤンダルがどれほど快哉を叫んだことか、あなたにはわからないだろうよ！　これからずっと、あなたは、あのかよわい気の狂った王妃、という弱味をかかえこんだまま、ずっとやってゆくことになるんだ。それとも、彼女を切り捨てて――文字どおりに、さっきあなたがやったとおりにでも、それとも精神的に見捨ててしまえばどうせ彼女はいずれ遠からず破滅するだろうから、そうやってだって同じことだけれどね！――でもそうやって、彼女と共倒れにならないように彼女をふりすて、ふりはらってしまうか――」

「ばかばかしい。誰がそんなことをするものか」

グインは獰猛な声で言い返した。だが、その獰猛さは、さきほどにくらべて、よほど力が弱まっていた。確かに、アモンのことばはまさしく、グインのもっとも痛い部分をまっしぐらに突き通していたのだった。

「でも、そうしなければ、ただ単に傷ついて、いずれは共倒れになってしまうだけのことだよ。彼女は変わらないよ――決してもう、あの酒びたり、男びたりの日々から成長することはできないだろう。……彼女のせいじゃないかもしれないけれどね。あまりに、昔から、確かに辛い目にばかりあってきたし、それは彼女にはどうすることもできないことばかりだったのも本当だからね。――だからといって、パロのリンダ王妃は十四歳で両親を失ってルードの森にとばされ、苦難のはてにパロに戻ってこなくてはならなかったし、モンゴールのアムネリス大公も十七歳で国を滅ぼされ、滅ぼしたクム大公の妾にされた。――この時代、王家の女性に生まれるというのはなみたいていのことじゃない。誰だって、多かれ少なかれひどい目にあったり、運命の大きな試練を受けなくてはならないんだ。――それをリンダのように乗り越えるか、アムネリスのようにそれに破れていのちをおとすか、シルヴィアのように駄目になってしまうか、それはもうまったく当人の資質しだいということだからね」

「きいたふうなことをいうな」

グインはうめくようにいった。

「きさまなどに何がわかる。人間でさえない、妖怪のくせに——第一、生まれてからまだいくらもたっておらぬくせに。きさまのいうそのきいたふうなことばはすべて、ヤンダル・ゾッグの受け売りなのだろう。そうやって、ひとの心や人生を弄んでいるがいい。いまに必ず、この俺がそのようなしうちに決着をつけてやるからな。それも遠からぬ未来にな」

「あなたは、素晴らしいよ、グイン。まだそれだけの元気があるんだから」

くっくっとアモンは笑った。

「だけど、だんだん、そうもいってられなくなるだろうけどね！——シルヴィアは、思い込んでしまうととてもしつこいし、かたくななたちだ。あなたが自分を殺そうとした、ということはどんどん彼女のなかで、確定の事実になり、ただの夢とはまったく思われなくなり、ただの真実となり——まあ、ある意味真実なんだけれども！——そして、彼女は、あなたに対してこれまでのすがりつくような信頼とひたすらな、親に必死でしがみついている子供みたいな愛情から転じて、執拗な憎しみとうらみとを抱くようになるよ。あなたはもっともっと不幸になるんだ——これほどすべてに恵まれ、人望あつく部下たちにも慕われ、数々の勝利を重ねていながら、あなたは肝心かなめの自分の家では何ひとつ、やすらぎも愛も幸せも満足も手にいれることができなくなるだろうよ。……だがそれは、あなたが女について何も知らないからそうなったんだ。僕があなたなら、いますぐクリスタルなんか放り出して帰国するよ。それ以外にもう何もとりとめる方法はない——いますぐに実物があらわれて、彼女をつなぎとめれば、彼女は、あれはただの夢だ、悪夢だったんだと思うことだろう。そうすれば、彼女も、またもとどおりあなたを信頼するようになるだろうし、でも、それが一日遅れれば遅れるほど、彼女はあればただの夢ではなくただの現実だとしか思えないようになってゆくだろうし、それに——」

「いつまで、べちゃくちゃと喋っているつもりだ。この小悪魔め」

グインは荒々しくさえぎった。

「もう、そんな世迷い言はたくさんだ。読めたぞ——貴様はそうやって、俺に里心をつかせ、動揺させて、士気をくじき、クリスタルに攻め入られることをさまたげようとしているだけなのだ。そうに決まっている」

「そんなこと、最初からわかっているだろうと思っていたのに」

アモンはくすくすと笑った。

「何を、いまになって、読めただなんて。――でも、あなたがひとつ見逃してることがあるな、グイン。……なんだかわかるかな」

「………」

「あなたひとりをそうやって魔道のあやかしにかけて動揺させたところで、しょうがない、ということだよ。……そんな簡単な手妻は使わないといっただろう？　この《夢の回廊》というのはキタイ特有の黒魔道でね。いや、もちろん、グラチウスたちも使うことはできるけれども、本来は、キタイでとても発達したものなんだ。それには特有の、ある特殊な調合をした、黒蓮の粉といろいろの薬をよくねりまぜた没薬を相手に気づかぬうちにその煙を吸わせ、警戒心や現実感をうすれさせる下地をつくり、それから……」

「なんだと」

いきなり、グインは、怒鳴った。

「いま、何といった」

「あのばかげた白い霧はべつだん、あなたたちの足をとめるためだけにあんな大がかりなことをしたというわけじゃあないんだよ」

楽しそうにアモンはいう。

「足をとめようと思うのなら、いくらでもほかに方法はあるからね。イーラ湖からあやしの怪物を登場させたっていいんだし、嘘の訴えをもってかよわい美女にでも押し掛けさせたっていい。──そんなことじゃなく、ぼくがねらっていたのは、ケイロニア軍全員に気づかぬうちに、《夢の回廊》の術がかかりやすくなるような没薬を吸わせ、そして……」

「きさま！」

「まだ、気が付いてなかったの？」

アモンは舌なめずりするようにささやいた。

「この術は、何も、一人一人に違うまぼろしを見せてやって、里心をつけるための術じゃあないんだよ。──これはね、懸けられた当人が最大限に協力して、自分から罠に落ちる、そういう黒魔道の術なんだ。これをかけられた人間は、自分のもっとも恐れているものか、もっとも望んでいるものか──いずれにせよ、もっとも心をとらえ、占めている幻影を見る──あなたの場合には、ぼくもそれにちょっと協力して、本当に夢の回廊をあけてあげて、サイロンの黒曜宮に──あなたが見たがっていたシルヴィアの幻影のほうにも、あなたの幻影を見せてやって、回廊でつないでやったのだけれどね。他の連中は、そこまで手間をかけていないから、ただ自分の一番望む状態に陥ってすっかり幸せになってしまうか、あるいは自分のもっともおそれるものを悪夢のなかに見て、そこから逃れることができずに半狂乱になるか──いずれにせよ、この術は、かけられた当人が自分で自分に地獄か極楽か、二度と出られない自分自身のなかにとじこもってしまうような……そんな——」

「きさま——！」

いきなり——

グインは、大剣でアモンをなぎはらった。

「何するの、危ないじゃないの！　乱暴だなあ！　いきなり！」

すばやく、アモンはひょいととびすさったが——

が、グインは、それを予期していた。もう一撃、こんどは横なぎになぐ。アモンがふたたびからかうように飛びすさる——だが、それはグインの狙いどおりだった。アモンの位置とグインの位置が二回の跳躍でいれかわり、グインのからだが、天幕の入り口の垂れ幕の前にきた。と見た刹那だった。

グインは、アモンになど見向きもせず、やにわに天幕の外に飛び出していったのだ。

「なんだ、そういうことか」

アモンは肩をすくめた。それから、ふわりと、足を使わずに宙に舞い上がってグインを追って天幕の外に出た。

グインは、だが、外に出た刹那、茫然と立ちすくんでいた。

（これ——は……）

外は、すでに見慣れた赤い街道の夜営場所の光景であるはずだったのだが――そこにひろがっているのはただ、一面の、あまりに深い、深淵そのもののような闇でしかなかった。どこにも、空と地との境い目もなく、そもそも空があるという証拠もいっさい感じられない。分厚い空虚があたりを埋め尽くしている、とでもいったらよかっただろうか――ねっとりとした、だがそれもグインにはキタイあたりで何回か感じたことのあるような、ひどく異質な、しかも物質的な重みをそなえているかのように思われる暗黒が、彼の前にひろがっていた。

「だめ、だめ、《夢の回廊》の術の途中で、外に飛びだそうとしても、駄目だよ。あんまり無茶苦茶をすると、術が途中で破れてしまうと、あなた、死んでしまうよ。……これにかけられた人間を、何もわからないやつが揺り起こして途中で目をさまさせてしまうと、意識だけ夢の回廊のなかに戻って、からだと魂がばらばらになって死んでしまう、ということが、よくあるんだよ。とても危険なんだから、この術を途中で破ろうとするのは」

背中から、アモンがいった。

グインはさっとふりかえった。アモンのからだが、その真の漆黒の闇のまっただなかにただひとつの現実の存在のようにぽかりと浮かんでいる。地面に足をつけて立っている、というようにも見えなかったし、また、空中に身を浮かせている、というようでもなかった。グイン自身は、おのれが確かに大地を踏みしめている、という実感はうすうす感じていたのだが。

そして、そのアモンのほかには、世界には何ひとつなかった。――もう、飛び出してきた瞬間に消滅したかのように、天幕の入り口も、天幕そのものもなかった。むろん赤い街道もない。星も、木々も、山々も、イーラ湖の湖水も、そして部下たちも。何ひとつない虚無の空間が、ぽかりとグインを飲み込んでいる。

「……………」

グインはスナフキンの剣を呼び出そうかと一瞬ためらった。

そのようすをアモンは見てとった。

「駄目だったら！」

するどく悲鳴のような声をあげる。

「そんなことをしちゃだめだ！　その剣は、それはまた、ちょっとかなり特殊な魔法の世界で作られたものだからね。ノーマンズランドのものでしょう？　だから、それはこの世界の魔道の産物とも、ただのこの世界のうつつのものともちょっと違うんだよ。だから、ふれた瞬間に、魔性を切り捨てる力があるけれど、普通のうつつの存在には、逆にふれたとたんに剣の効力が消滅してしまう、ちがう法則によって存在しているものにふれるわけだからね！――だから、いまそいつを下手にふるうと、この世界そのものが破れてしまい、あなた……気が狂ったまま、永遠にどこの世界にも属さない、《次元のさまよい人》になってしまうよ！　それでもいいの？」

「……」

グインは唸った。そして、何か助言をもとめて、腰の《ユーライカの瑠璃》の入っているかくし袋に手をやろうとしたが、また唸った。いつも、何かあればそこに頼もしくひかえている彼の守り玉は、まったく存在しておらぬかのように、どこにもその気配さえも見あたらなかったのだ。

「あれも、あっちの世界のものだからね」

それをみて、アモンが云った。

「ここは、ぼくが念じて、あなたがかたちを作って、ぼくとあなただけが作り上げた世界なんだよ。――だからここがこんなに何ひとつないのは、あなたの内面世界が何ひとつないからだよ。こんなに闇にとざされてね――まあ、それはどうでもいいんだけど、とにかく、ちゃんと手順をふんで、目をさまして、《夢の回廊》の術からおのれを解放してからじゃなくちゃ、本当の現実世界には戻ることはできないと思っていたほうがいいよ！――もともと、あなたが天幕を飛び出してここに飛び込んできたんだから。うかつに僕を切ったりしたら、あなたは、ここに永遠に閉じこめられてしまうか、どこにも帰属する場所をなくして永遠のさすらい人になるか、どっちかだよ！」

「くそ……」

グインは、ようやく、多少の落ち着きを取り戻した。

そして、じっと、暗闇に目をこらし、感覚をこらして、そこで何が起きようとしているのかを探っていた。その暗黒のなかで、いつのまにか、アモンは、首から下のすべてが闇のなかにとけこみ、ただぽかりと、白いはかなげな美しい顔だけが、暗黒にはめこまれた浮き彫りのように浮かんでいた。黒い髪の毛も、黒いマントをまとったからだも、まったく質感を失い、暗黒の地に白い貝でできた彫像の顔が浮かんでいるように、あやしくその魔物めいた顔だけが浮かびあがっていたのだ。その唇がにっと笑った。

「そう、そう。やっと、少し落ち着きを取り戻したんだね。それでこそ、ケイロニアの豹頭王だよ」

グインは、もう、そのアモンの挑発には乗らなかった。そうするかわりに、全身全霊をあげて、おのれの置かれている場所のようすを探りながら、アモンの様子を見、打開策を考えていた。

彼の手には、いつのまにか、愛用の大剣はなくなっていた。確かにそれをひっつかんだまま天幕の外に飛び出したはずだったが、外に飛び出したときに、それはおそらく消え失せたのだ。といって、それをどこかに落とした感触もなかったし、そんなことがあれば音がしたはずだ。だが、そんな気配は何ひとつない。

(ということは……ここは、まさしく――現実の空間ではないのだ……俺の足は大地を踏みしめているように感じてはいるが、おそらく、それも……まことではない、いや、あるいは、俺のうつつのからだはじっさいにただ、あの赤い街道の大地を踏みしめているのだが、俺の魂のほうは見知らぬこの暗黒の空間に拉致されている――そうだ、おそらくおれのからだはまだ、あそこの天幕のなかに横たわっているのだ……)

(だとすると、どうやればここから抜け出せる――アモンの術をとくことができるか？

思い切って、スナフキンの剣を使ってみるか……)

スナフキンの剣は、うつつの剣ではない。だから、どのようなあやかしの空間にいるにせよ、彼が呼び出せばそれはあらわれるはずだ。

(だが……)

アモンは、それが、ノーマンズランドの物理法則に従っているから、この異質な空間のなかでそれをふるうと、彼の魂と肉体とが分離してしまい、戻ることが出来なくなる、といったのだった。

(だがそれも……脅しにすぎぬかもしれん……だがしかし、まことであるかもしれん……それはもう、二つにひとつだが……)

もしもアモンのことばがまことであれば。

彼は、その剣をふるったばかりに、永遠に、肉体は植物人間のように地上に横たわるだけになり、魂のほうは未来永劫この暗黒のなかをあてどもなくさまよう――というようなことにならぬという保証はない。

だが、また、アモンが根っからの極悪人であることはもうグインにはいやというほどわかっている。その極悪人が、真実を口にしているとも思えない。ただ単に、グインをこの《夢の回廊》の暗黒から外に出さずに閉じこめるためにだけ、脅しをかけている、ということだって充分にありうるのだ。

（二つにひとつの賭だ――だが、もしも……）

ことが魔道であるだけに、グインは、迷った。

生きた人間あいての死闘であれば、どのような激しい戦いでも、なんとか勝利に持ち込んでみせる自信はある。だが、このような得体の知れぬ魔道――しかも、キタイ特有の魔道、などというものをどのようにして打ち砕いていいのかについては、グインにせよ、もうひとつ自信がもてない。

（くそ――キタイでも、俺は――実にさまざまな魔道と戦ってきたのだ。巨大な動き出す石の神像とも――崩れ落ちて人を閉じこめ、窒息死させようとする魔の塔とも……巨大な、地下道に巣くう蛇の怪物とも、そして……あの、いくつもの階層になったあやしい宇宙をもなんとかして切り抜けてきたのだ……）

これしきの術――

グインが、ふたたびユーライカの瑠璃を腰にさぐったときだった。

目のまえにあった、白い、暗黒のなかにひとつだけ埋め込まれていた顔が、ふいに、百もに増殖した。

「グイン……」

ささやきかけるアモンのぶきみな笑い声が、暗黒のなかに、まるで山あいの谷にでもいるかのようにこだまするのを、グインはきいた。すでに、目の前も、上も下もうしろも——

四方八方のすべてに、アモンの白いあやしい顔がはめ込まれて、くりかえされる規則正しい模様のように同じ悪魔の笑いを浮かべて、嘲笑するように彼を見ていた。その目が、紅玉の色の、虹彩のない、真紅のただの球体にかわっていた。

「もう、そろそろお遊びはおしまいにしようね、グイン——英雄グイン。僕もそんなに時間はないんだ。……さあ、グイン、選ばせてあげるよ……自分から、すみやかに僕には勝てない、かなわないと認めて、僕に屈して——僕と同盟を結び、僕のいいなりになると誓う？　あのこっけいな〈闇の司祭〉がずっとあなたにそうしろと迫っていたように、『お前のことばに従おう、アモン』と——そうひとこと、囁いてくれさえしたら——僕とあなたは永遠の盟友、いや、愛人にだって、最高の相棒にだって、何にでもなれる。……僕のただ一人の愛する人にだってしてあげられる。……あなたにはそれだけの価値があるのだからね。……さあ、でも、急がないとだめだよ……この術がどんなに力のあるものか、もうわかったでしょう？　いま、あなたの部下たちも、みんなこの術にかかって、かれらはあなたほど特別扱いもうけてないし、精神的にも強くないからね……それぞれに、うずくまって恐怖のあまり狂乱したり、すっかり幸せに故郷にかえって家族のいる暖炉のはたに落ち着いて、団欒しているつもりでうっとりと眠り込んだり——もう、さしものケイロニア最強の騎士団も、いまもし最も弱いパロの騎士団たった一大隊に襲われたとしてもたちまち全滅してしまうほど、無防備な状態にあるんだよ。それを見てみたい？」

ふいに——

目の前から、アモンの無数の顔がふっと消えて、かわりに、グインは、おのれが高い空から、あの赤い街道を見下ろしているのを知った。

何ひとつかわったことなどないかのように、ケイロニア軍二万弱の精鋭たちが夜営している——いや、だが、明らかに、様子は変わっていた。

歩哨の姿がどこにも見えぬ。また、伝令が動いているようすもない。——グインの誇る最強の兵士たちは、みな、馬のかたわらにすべりおち、うずくまったまま、目をとじ、ぐっすりと眠り込んでいるかのように見えた。

突然、中のひとりが、目をとじたまま、すさまじい悲鳴をあげた。いつまでも悲鳴をあげつづけている。と見た刹那、その兵士はやにわに剣をひきぬき、世にも恐しい絶叫をあげつづけながら、おのれののど首をおのれの剣でかき切った。

ごぼっと血があふれ出、その兵士はきりきり舞いをして地面に倒れ込んだ。その首はほとんど半分切り裂かれてしまって、うしろにがくりと折れ曲がった。最も恐しいのは、そのようなことがあっても、他の誰一人として顔をあげようとさえしないことだった。カナンの、あの石になった人々の伝説のように、かれらは、ぐったりと倒れたまま、目をとざし、外界へのすべての興味も意識も、外界にいたる通路そのものをすべて失ってしまっているかのようにみえた。

「これが――」

グインは覚えず呻いて拳を血が出るほど握り締めていた。

「これが、《夢の回廊》の術か――!」

「そうだよ」

朗らかに、アモンが答え――ふっと、また、目のまえからその赤い街道の夜営の光景が消え失せて、無数にあったアモンの顔もまた消え失せ、もとの漆黒の闇に戻った――アモンの顔はまたただひとつになっていた。そのかわりに、今度のそのただひとつは、とてつもなく大きく――それこそ、グインの前をすべて覆い尽くしてしまうくらいに大きかった! 巨大な紅玉の目が、蛇の目のようにあやしくそのなかでチロチロと陰火が燃えていた。なまじ美しい顔かたちであるだけに、ぞっとするほど恐しく、ぶきみだった。

「このまま放っておけば、だんだん、悪夢をみている連中は互いに殺し合いをはじめるか、自分を殺しはじめる。恐怖から逃れようと暴れ出してね。むろん当人は夢のなかでおのれを襲ってくる恐しい、そいつの想像するかぎりの一番恐しいものから逃れようと戦っているつもりなんだ。だけど切り裂いているのは生身の、しかも友人のからだだっていうわけ！——でも、それなら、平和な、幸せな夢をみてるやつはどうなるかというと、そのまま動けなくなって、餓死するってわけだ。当人は幸せなまま死ぬんだから、それはとても幸せなことかもしれないんだけどね。どう？　なかなか、楽しい術でしょう？」

「どうすれば……かれらをこんな恐しい運命から、救い出してくれるのだ？」

グインは、参りきったふりをして、力ない声をあげた。アモンの目があやしくきらめいた。

「ようやく、交渉に応じる気になってくれたの、グイン？」

「俺は——俺はどうなってもかまわぬ。だが、兵士どもは……」

「そうこなくっちゃ」

アモンはにっとあやしく笑った。

「それなら全然話は違う。僕は、ヤンダルよりもさえあなたについては違う考えをもっているからね。ヤンダルとじゃなく、僕と手を組んでくれるのだったら、いつなりと、僕は――」

アモンの巨大な顔が、すっともとのアモンのすがたに戻り、グインに近づいてくる。

グインは、それをよくよく引きつけた。

次の刹那！

「スナフキンの剣よ！」

絶叫とともに――その右手にあらわれた魔剣が、アモンのその華奢なからだをまっぷたつに両断した！

第三話　魔道攻防

1

アモンは、よけようとするけぶりさえも、見せなかった——どちらにせよ、グインのおそろしい剣風では、アモンにはよけるすべもなかっただろうが。

アモンの華奢なからだは胴のところでものの見事にまっぷたつにされ、上半身はそのまま横ざまに暗闇のなかに落ちた。まるで、その暗黒のなかに、目にみえぬ大地が存在しているかのように、そのからだは、グインの足もとくらいのところに横たわったまま、目をぱちぱちとまばたきしながらグインを見上げていた。上体を失った下半身は、しばらくゆらゆらとそこに立っていた——それから、ゆるやかに反対側に倒れた。切り口からは、どちらの半身からも、血ひとつ出ていなかったし、内臓がはみだしてくることもなかった。それはまるで、きれいな塩漬け肉の断面のようにきれいに両断されていた。

「すごい剣さばきだ」

アモンは云った。下半身のない上半身になって暗黒のなかに横倒しにころがったまま云ったのである。

「おまけに、そうだ、ついうっかり、忘れていたよ。あなたはこんな秘密兵器を隠し持っていたんだったね。ずるいなあ……油断していたら、いくら僕でもやられてしまうところだったじゃないの？　まったく、油断もすきもならないね、あなたって人は」

「………」

グインはスナフキンの剣をつかんだまま、荒い息づかいでゆだんなく身構えたままでいた。スナフキンの剣が消えないということは、まだ、魔界のまっただなかだということだった。

「せっかく、ここまで育てたのに。なんてことをするんだよ……その剣は魔力があるから、ほんとに切れちゃったじゃないか。これじゃ、また、一から育て直しになっちゃうよ、せっかくのぼくのからだが。まあ、もう、コツはわかったから、前ほど時間はかからないと思うけれど、いいかい、あなたのせいで、またパロの宮廷の若い子たちが何百人も犠牲になるんだよ。ぼくの新しいからだを作るために。……若い子でなくちゃ駄目なんだ。年寄りの肉はもうすっかり硬くなっていて、ぼくの新しいエネルギーを受け止めきれないし、うまく変換もできないし、僕の望むとおりに変身する能力を与えるのも、とても大変だからね。……でも、かなり急いだものだから、若い子がだんだん少なくなってきちゃった。若ければ若いほどいいんだけど。……どうしようかなあ、もう、いっそ、あのアドリアンも食ってしまおうかなあ。あの子を食ってしまうと、あとがいろいろ面倒だから、あの子は我慢していたんだけれどなあ。それとも、もう、面倒くさいから、いっそのこと、レムス父上を食ってしまおうかしら。——アルミナ母上は食べないよ。あんな、半分くさったような肉を食べたら、僕の美しいからだが、生気を失ってしまう」

この、おそるべき言いぐさを聞いて、グインの目はすさまじい嗔恚に燃え上がったが、彼はあえて何も云わずに、じっとスナフキンの剣を手にしたままようすをうかがっていた。

奇妙なことがおこった。——両断されたアモンのからだの、上半身はそのままそこに横たわってごたくをならべていたのだが、下半身のほうが、しだいにうすれはじめていたのだ。まるで、それをひとつに結合させていた何かの魔道がとけてしまった、とでもいうかのように、それはしだいにりんかくがうすれはじめ、それから、グインの見ている前で、ふいに、さらさらと粉のようになって溶解してしまった。あとには何ひとつ、それこそ身につけていた衣類も、靴も、粉ひとつ残らなかった。

「酷いことをするじゃない」

アモンは文句をいった。

「おかげで当分ひとまえに出られやしないよ。……どうしてくれるんだ。やっぱり、この仕返しのためだけに、アドリアンを生きながら食ってしまおうかな。でもあいつ、さぞかし泣きわめくだろうな。うるさそうだし……それが僕の一部になるというのもなあ、どんなものかしらん。――ほんとに、ナリス伯父上を食べたかったなあ。あの人を食べられたら――肉体はずいぶんと衰えていたにしても、結局味をつけるのは魂なんだから、どんなに美味だっただろうな。おまけに、あの人の知識はみんな手に入っただろうし……」

「きさま……」

グインは荒々しく喘いだ。

「この……人食いの化物め……きさまの、そのからだは、さては……」

「生まれたときの僕のすがたを見たんでしょう？　あなたは見てなくても、リンダ伯母さんから、話くらいきいたんでしょう？――せっかく、こんなに早く、なんとか使いものになるところまで育ててあげたのにさ」

アモンは云った。その切られた胴のところが、消滅した下半身と同じようにかなりうすれて輪郭が消えかけていた。

「ちぇっ、これじゃどうにもならないや。わかったよ、いまは僕の負けだと認めるよ。

うかつにも近寄りすぎたからな。あなたにそうするだけの勇気と根性はないだろうと思ったのが、甘かったんだな。いいよ、わかったよ——でもここから出してはやらないよ。僕がからだをなんとか使いものになるようにもういっぺんつくろいにかける、その時間も稼がなくてはならなくなったものね。……ねえ、レムス父上を食べてしまってもいい？　それとも、リンダ伯母さんにしようかな。あの人のほうがうまそうだし、第一あの人は清浄な祈り姫、パロの巫女だもの。巫女だの、ナリス伯父上のような特別な人を食べると、ぐっと力があがるんだけどな」

「きさま……」

「ああ、たいへん」

すでに、胸のあたり、手のさきなど、頭から遠い部分が、ぼろぼろと砂のようにとけくずれはじめていた。アモンは不平そうに唸った。

「このお礼はさせてもらうからね！　ああ、たいへん、もうもたないや。こんなところにいたら……」

次の刹那、ふいに、何かの気配が、目のまえからふっと消滅したことが、グインにははっきりと感じられた。あるいはグインに、というより、スナフキンの剣が感じたのかもしれない。スナフキンの剣は、激しくまたたき、怯えて——というより激しく警戒しているかのように、ちかちかと蒼白く燃え上がった。そのとき、アモンの残されたからだの部分、胸から上が、下半身と同じようにふっと消滅した。

あとにはただ、真っ暗な闇——何ひとつない、永劫の暗闇。

「自分でなんとか出られるまで、永久にその闇の迷路をさまよっているがいいよ。豹頭王さま」

あざけるようなアモンの声が、頭のなかにひびいてくるのが感じられた。そして、ふいに、すべての生きとし生けるものの気配が、きれいさっぱり、目前の闇のなかから消え失せた。

グインは、いまや、ただひとり——文字通り本当にただひとりで、この闇のなかに立っているおのれを知った。

手にはまだ、スナフキンの剣も輝いていたし、腰に、さきほどまでは感じなかったユーライカの瑠璃の鼓動も伝わってくるのが感じられたので、孤独だとは感じなかったが、しかし、ここからどのようにして出たらいいのか、わからぬのも確かだった。グインは、おのれを落ち着かせるように、深々と息を吸い込み、ふたたび五感を澄ませて伝わってくる気配をなんであれ感じ取ろうとした。だが、何ひとつ伝わってくるものはない。すでに、この空間のどこにも、アモンが存在しないことも、グインにはなぜかは知らずはっきりと感じ取られていた。アモンはそのことばどおり、本当に、確かに、この空間から徹底的に姿を消してしまったのだ。

ここが、アモンのいったとおり、異次元の空間で、そしてスナフキンの剣をふるったために、おのれが永遠にその異次元の放浪者として閉じこめられてしまったのかどうか、それともそれもまた、アモンのざれごと、彼をだまそうという戯言にすぎないのか、それも、彼には知るすべがない。

（うかつに僕を切ったりしたら、あなたは、ここに永遠に閉じこめられてしまうか、どこにも帰属する場所をなくして永遠のさすらい人になるか、どっちかだよ！）

その、アモンのことばを、グインはまざまざと思い出していた。

だが、そのことばを、あえて、アモンの彼をだまそうとする偽りのことばととって、グインは、ふたつにひとつの賭けのスナフキンの剣をふるったのだが――

（くそ……）

グインは、激しく唇をかみしめて、スナフキンの剣に、引っ込めと念じた。グインの念によってあやつられている不思議な剣は、ただちにすいと消滅する。この剣には鞘はない。グインが、次に（お前が必要だ）と念じるときまで、それはどこかわからぬ、本来の居場所に引っ込んで消えているのだ。

（くそ……まあ、考えてみてもしょうがないか）

グインは、肩をすくめると、そのまま、そこに座り込めるかどうか試してみた。地面があるとも思えぬのだが、足が立っている以上、じっさいにはそこになんらかのからだをささえるものがあるのだろう。グインが座り込むと、そのまま、グインのからだは、目にはほかの暗黒と見分けのつかぬ漆黒の闇のなかに、ちゃんと座り込める。

（疲れたな）

アモンが魔道によって見せた、おのれの軍勢がそれぞれに魔道をかけられ、彼自身と同じような目にあわされている光景は、むろんのことひどく気に懸かってはいたが、いまの場合、もはや彼には何もできることはなさそうだ、ということが、グインにははっきりしていた。

（だとしたら……何か、事態が、かわるまでは……じたばたしてもしかたがないということになるか）

そのようなときには、無益にあれこれ考えまわしたり、やくたいもないうろたえかたをして体力を使ったりせず、なるようになると割り切って次の展開をまつ、というのが、グインの基本信条である。

ゆだんなく、いつでもスナフキンの剣を呼び出せるようにかまえたまま、彼は、無念無想のかまえで半目をとじた。そのうちに、一切の余分な想念が、彼の脳裏から消え失せた。あたりには物音ひとつない。何かあれやこれやと考えまわしたり、なんとかおのれの力でここから脱出しようとしていたとしたら、発狂もしかねまじい状態であったが、グインは、おのれにすべてを感じることを禁じ、そのまま、ゆったりと目を閉じた。

(ここにも時が流れているものならば、流れるだろう。――そして、時が流れるなら、必ず何かの変化がおこる――アモンがふたたびやってくるというだけでも、何かがおこらぬわけはない)

グインは、そう思っている。

そのまま、いったい、どのくらいの時が流れたのか。

一日か、一ザンか、それとも、じっさいには、一タルザンか。

それも、もう、グインにははかるすべがなかった。

ふいに――

「陛下。――陛下！　グイン陛下！」

激しく、遠いところから声をかけられ、同時に、からだを揺すりおこされているような感じがあった。グインは目をあいた。

とたんに、明るい光が目のなかに流れ込んできて、グインを思わずまぶしさに目をとじさせた――といってもじっさいには、それはもう夜であったから、月あかりとわずかばかりの松明のあかりにすぎなかったのだが、何ひとつあかりらしいもののない暗闇に目をとじたままでじっと待っていたグインには、星明かりも月明かりも、とてつもない明るさのように感じられたのだ。

「陛下！――しっかりなさって下さい。もう、よこしまな黒魔道の術はときました！」

「う……」

もう一度、今度は気を付けて細く目をあき、少し明るさに目を慣らしてからちゃんと目をひらく。目のまえに、見慣れた、おちくぼんだ灰色の目と黒いふかぶかとかぶったフードの下でもつれてくしゃくしゃになっている髪の毛——痩せた、ヴァレリウス魔道師の顔があった。

「おお。ヴァレリウス」

「よかった」

ヴァレリウスが叫ぶのが耳に入る。

「安心しろ。陛下はお気づきになられたぞ」

「陛下！」

誰かが叫んでいた。グインは、叫びながらヴァレリウスの横からのぞきこんでいるその声の主が、ワルスタット侯ディモスの美しい顔であるのに気づいた。

「なんだ、ディモス。まだ戻ってこいという命令は出ているまい——サルデス侯とは会えたのか」

「申し訳ございませぬ。まだです。——本隊の半分は、ご命令通りにパロ北辺を目指しておりますが……」

ディモスはあえぐように叫んだ。

「陛下からの定時のご連絡がまったく途絶えて——ゼノンからも、トールからも……あわてて、こちらから使者をだして様子を見ましたところ——どうやらただごとではないようだとのことであわてて半分をひきつれ、残りのものはそこで指示を待たせて戻る途中、ヴァレリウス卿にお目にかかりまして……」

「陛下。ご安心を」

ヴァレリウスは何ひとつかわったことなどおこってておらぬかのように、淡々とした声でいった。

「もはや、けしからぬ黒魔道の術はときました。……というか、この術は、被施術者が無事に目ざめた時点で解消します。御心配はいりませぬ——いささかの被害は出ましたが、ご配下の軍勢の面々のかけられた同じ術も、おおむね無事にとかれております。……ただし、何人かはすでにこの術中にはまって被害を出しており、また、何人かは……」

ヴァレリウスはちょっと難しい顔をした。

「目覚めることなく……この術によっていのちを落としたと申さねばなりますまい。……あとでもう一度目覚めるよう手当してみますが、これで目覚めぬようですと、もはや目覚めることは不可能になるかと」

「これは、どういう術なのだ」

グインは、身をおこそうとしたが、おのれのからだがまだ、ひどく力を喪っているのを知って、あおむけになったまま云った。彼の目にうつるのは、何ひとつかわったこともおこっておらぬかのような、見慣れた夜空だった。

「ここは何処だ？」

「陛下は、天幕から半分おからだをのりだした状態で、倒れておいでになりました。……ケイロニア兵士たちのなかで、街道の上で、自らをさし貫いて息絶えていたものが百数十名ほどおりました。それから、負傷者も——みずからが怪我していたとはまったくわからず、目をさまさせられると、ひどく興奮しているものもおりましたし、また、おそろしく落ち込んでしまったものもおりますし、自分に何がおこったのかわからず、ひたすら途方にくれているものもおりますが——残るものは大半、元気で、なにやらおのれがおかしな術にかけられたということもわかっております。さすがに、大ケイロニアの精鋭たち——よくおのれを律する訓練を受けておいでになります。そうでなくば——精神的に弱いものであったら、たぶん、こんなに大部分が無事ということはございますまいが……その点、不幸中の幸いでございましたが……」

「いったい、これはどういう術なのだ？」

グインは叫んだ。アモンのことばがおぼろげに耳にかえってはきていたが、まだ、からだがしびれてよく動かぬ。

「おからだを無理に動かされぬほうが、よろしゅうございます」

ヴァレリウスの痩せた手がのびてきて、つとグインのたくましい肩をおさえた。

「少し、おからだが動かしても大丈夫なようになりましたら、天幕のなかにお運びして、お床で少しやすんでいただきとうございます。……この術は、あらかじめ、かけられる相手の抵抗や警戒を弱め、からだの状態を術に最適なものにするため、特殊な配合をした没薬、麻薬のたぐいを吸わせ、からだがよく動かぬようにさせます。何か、そのようなものをこの大人数で吸わされたお心当たりはおありでございますね？」

「ある」

グインはうなづいた。アモンのことばが耳にかえってきた。

「この術にかかる前、昼ごろに、妙な白い霧がまいて三つの部隊をすべて包み込み、そのなかにそれぞれの部隊をとじこめて、そこで同士討ちがおこって大騒ぎになるということがあった。――俺の親衛隊はそれほどに被害も出さなかったが、トール軍やゼノン軍にはそれなりの被害が出てしまった。――そのとき、どうもなにやらこの霧のなかで妙な甘たるいようなどこかでかいだようなにおいがする、と思ったし、そういっているものもいたのだが……俺がおのれの知っている魔道破りの方法で破ったところ、それぞれの部隊を包んでいた霧は晴れ、それきり何事もないようにみえたので、大事をとって、夜営するようにしたのだが――あのとき、あの霧のなかにすでに、その没薬とやらが調合されていたのだな。そうだろう」

「まず、そう考えて間違いはありますまい。かなり、そのための薬は強烈な没薬のにおいがいたしますから——少人数なり、ひとりなりにかけるときには、煙でかがせず、酒など飲み物にまぜて服用させることもままあるようでございますし。……そのくらい、たくさんの没薬をこれだけの人数にいっぺんにかがせるわけですから、大変な量が必要になりましょう。まずは、魔道王は、その没薬をたくみにかがせるために、大量の煙がたかれてもわからぬよう、その霧の魔道とやらをもちいて、目くらましにし——ただ霧がわいただけではかえってそれが次の魔道への準備かとあやしまれるであろうと考えて、それにちょっとした攻撃を組み合わせたのでしょう」

「忘れていた」

グインは起きあがろうとしながら叫んだ。からだはまだほのかにしびれていた。

「いま、何どきだ。俺はどのくらいのあいだ倒れていたのだ」

「私が、参ったときには、すでに深更をまわっておりましたが……朝にはまだだいぶ間がありましょうかと。まだ夜でございます」

「では、俺はまるで永劫の時がたったような錯覚さえ感じていたが、じっさいには、二、三ザンというところだったのだな」

グインは唸った。

「部下どもはどうなった。トールやゼノンは無事か」

「トール将軍、ゼノン将軍や隊長のかたがたは、私の部下が一個所にお集めして、お手当をいたしております。どなたもおいのちに別状はありませんが、陛下同様、かなりからだがしびれて、麻薬の霧の影響が出ておりますから——麻薬の霧というより、この術そのものが当人にあたえる激動の影響でございますが……」

「激動……」

「この陛下たちがかけられた術は、キタイ特有の黒魔道で——黒魔道師は、しばしばキタイから学んでこれを使いますが、おもにキタイで使われるもので……」

「《夢の回廊》の術だ。そうだな」

「ご存知でございましたか」

ヴァレリウスがやや声を大きくした。かすかな感嘆のひびきがその声から感じ取れた。

「ああ——陛下は、キタイにおいでになっておられましたゆえ……」

「そうではない」

グインは唸るように云った。

「俺の夢——夢なのだろうな、ほかに適切なことばもないゆえ——そのなかに、あのアモンの畜生があらわれて、俺にそう教えていったのだ。……お前がどうなっているのか、教えてやる、といってな」

「何ですと」

ひどく驚いたように、ヴァレリウスは云った。

「では、アモン太子が――魔太子アモンが《夢の回廊》のなかにあらわれて？　夢の存在としてではなく、まことのアモンが？」

「そうだ」

グインは、かいつまんで、アモンとのその夢ともうつつともつかぬあやしい会見のようすについて話してきかせた。ヴァレリウスは非常に熱心にきいていた。

「この術は、私も以前、キタイの竜王が使った同種のものに遭遇したことがございますが……」

ヴァレリウスは考えこみながらいった。

「また、私も、それがきっかけとなって、多少この術について研究いたしましたので、これの類似のものは使えなくもないようになっておりますが……基本的に、これは、そのかけられた者の意識を夢の世界のなかにとじこめるもので……その当人の頭のなかで、もっとも強く念じられているものを夢にあらわしてきて――家にもどりたいということをもっとも強くつねに考えているものならば、家にようやくもどりついたところを……何かを非常に強く求めている者には、その願望がかなった夢を――そしてまた、何かを非常に激しくおそれている者、おそれのほうが、希望よりも強いものには、その恐怖の本体を恐怖にみちた悪夢として出して参ります。みずから剣をふりまわして仲間を傷つけたり、自分をさし貫いてこときれてしまっていた騎士たちは、おそらく、もっとも恐しいと思う悪夢におそわれ、恐怖にたえかねて、夢のなかで剣をひきぬいてたたかっているつもりで現実におのれの剣をぬいてみずからのいのちを断ってしまったのであろうと思います。……なかには、やみくもにかけだして街道わきの木に頭をたたきつけてこときれている凄惨な死体もございました。いずれも、死んでいるものは、世にもおそろしい恐怖におそわれたように、正視できぬほどの恐怖にとらわれた表情をしておりまして……」

「それほどの恐怖というものが、この世に存在するのか」

グインはうめくようにいった。

「いったい、おのれを殺してでも逃れたいほどの恐怖というのは、何なのだ」

「陛下には、そのような恐怖はございますまい」

ヴァレリウスは静かに答えた。

「陛下のお心は、どれほどおそろしいもの、どれほどむごいものでも、それに立ち向かって、雄々しくそれを乗り越えるだけの勇気と決意と、そしてみずからを律する完全な力をおもちでいらっしゃるのですから。しかし、俗人は、すべてが陛下のように——あるいはトール将軍やゼノン将軍たちのように勇士である、というわけには参りませぬ。

……そうしたものたちは、日頃おのれの心のなかに、たとえみながらはどのように善人、まっとうな、よき隣人として信じられていようと、実は非常に小昏い、どろどろとしたねたみそねみ、怯えや怠惰、怒りや恐怖をひそめて生きていたりいたします。――この術は、怠惰なもの、安寧をしか望まぬものを偽りの安寧と安楽と希望のかなった満足のなかにひきこんでもうその眠りから覚めることを望まなくさせ、そして怯えやねたみそねみ、恐怖と怒りとを抱いて生きているものには、そのおのれがもっとも恐れている悪夢の本体がまっこうからおそいかかってくる光景を見させて、恐怖のあまりにそれから逃れるためならばどんなむごい死に方でもさせてしまうような、そういうむごたらしい術なのです。おそるべき残虐な黒魔道、と申してもよろしゅうございましょう」

2

沈黙がおちた。

グインは、一瞬目をとじた。彼の目のうらに浮かび上がってきたのは、あの凄惨なシルヴィアの姿であった。

（これが私よ、これが豹頭王グインの妻シルヴィアそのものよ！　それを認めるのがイヤだったら、とっとと私のことを叩き切って、かわりにオクタヴィア《お姉さま》となりリンダ王妃様となり＊＊＊＊したらどうなの！）

怒りとどす黒い怨念を噴出させながら絶叫し、正視にたえぬすがたで頭を地面にどしんどしんぶつけ、髪の毛をかきむしっていた、むざんきわまりない妻のすがた――その逆上し、おのれを失ったすがた。

（あれが……俺の……もっともおそれていたものだったというのか。俺をもっとも逆上させる、俺のもっとも心をとられている……それは、そうかもしれぬ……いまの俺にとり、最大の気がかり、悩み、煩悶、は常に……心の安定や安寧を破るものはただひとつ、シルヴィアの身の上をおいてはないのだから……）

そのあとであらわれたアモンは、しかし、そのシルヴィアのすがたは、《夢の回廊》の術によってグイン自身の心のなかからあらわれたものではなく、本当の、サイロンの黒曜宮にいるシルヴィアとのあいだにおのれが特別に回廊をあけてやって、相互に遠くはなれたあいてと現実に同じ時間を共有したのだ、と言い張ったのだった。

（あれは……その、あやしい黒魔道の術だったのか……それとも、もしそうでなく、俺にはアモンが別の術をかけたのだとしたら……そのあとにあらわれたアモンはどう考えても俺の心が生み出した幻なんかではなかった。……あれは、確かに、うつつのアモンの、よこしまな魔道によって俺の前にあらわれたすがただった……）

だとしたら、自分はそのアモンの術策にひっかかって、現実のシルヴィアにむかって剣をふりあげ、ふりおろす、というシルヴィアをおそろしく激昂させる乱暴を働いてしまったのだろうか。それはもう、たったいまサイロンの黒曜宮に戻ってシルヴィアに問いただしてみないかぎりは、どうにもわからぬことだったのだが。

「陛下のお心は常人のそれとは違います」

グインが、すっかりその想念にひたりこんでいたことに気づいて、はっとおのれを取り戻したとき、ヴァレリウスはこともなげに云っていたのだった。

「ですから、おそらく——陛下には《夢の回廊》の術もたいした影響は及ぼしてはおらぬのではないかと思うのですが……これは最大の、個人個人の秘密に関することですから、その術にかかって陛下がどのような夢をごらんになったかは私はご詮索申し上げはいたしません。……が、当分のあいだ、ケイロニアの軍勢は、べつだん肉体的には怪我することもなく、たいしたいたでもうけなかったものであっても、非常な精神的ないたで、打撃をうけて、しばらくは使い物にならぬ、とお思いになっておかれたほうがよろしゅうございます」

「しばらくは、使いものにならぬ——だと？　俺の誇るケイロニア軍がか？」

「そのように申し上げるのは、まことに残念なのですが、それはケイロニア兵の精神力が弱いからではございません。この魔道は、そうやって、恐怖か失望か、あるいは快楽かによって、ひとの力をそぎ、現実にたちむかうちからを失わせるようなものなのですから。……それをねらいとしたものなのですから。が、精神力の強い人間、よく訓練された人間なら、少したてば、見ていた夢と、うつつとの違いに気づき、ちゃんとまた現実に適応できるようになります。が、それまでには、少々時間をやらねばなりますまい。つまりは、これは……全員をほろぼしたり、自滅においこむというよりは、そこにいやおうなしに立ちすくませて、時間をかせぐことを最大の目的とする魔道だと存じますが……」

「ちょっと手をかしてくれ」

　グインは唸った。

「それほど、うちの軍勢は、みんながみんな、このいやったらしい魔道でいたでをうけてしまったのか。ちょっとようすを見たい」

「まだ、本当は、没薬の影響が残っておられますから、動かれないほうがよろしいのですが……」

　ヴァレリウスはちょっと考えてから、腰のかくし袋のなかから、何か小さな、指ほどの大きさの銀製の筒を取り出した。それには、ぴっちりとした栓がはまっていた。それをぬいて、彼はそれをグインに手渡した。

「これを、なかみを全部おのみ下さいませ。毒ではございませぬゆえ、ご安心を」

「……」

　グインは黙ってそれを受け取り、飲んだ。

「なにやら、さわやかな味のものだな」

　からになった筒をヴァレリウスにかえしながらいう。

「おお、不思議なことだ。からだのなかに、何か力と気力がみなぎってきたように、さっぱりとしてきたぞ。うむ、もう大丈夫だ。なにごともないかのようにからだが動く」

「これは、この術をとくための薬ではなく、没薬の影響をおさえるためのものなのですが」

ヴァレリウスは説明した。

「これをほかの全員にのませるだけの量はとうていございませんし、また、放っておけばどちらにせよあと一ザンもかからずにこの没薬の影響は抜けるのです。精神的な失望感や恐怖感、その影響のほうはまだ当分残ってしまうかもしれませんが。……しかし、陛下がアモン太子を異次元のなかで切られたおかげで、いますぐにパロ軍が攻め寄せてくる、という可能性は少のうございましょうし、ほんのあと一ザン程度無事にもたせられれば、ケイロニア兵もなんとかからだを普通に動かせるようになりましょうし。……精神的な影響のほうは逆に、そこをねらった夜襲のひとつもあって、強引にたたかいにからだを動かしてしまったほうが、早く抜けて現実に戻れる可能性もありますから……さ、お立ちになれますか、陛下。お手をおとりいたしましょう」

「不要だ。もう、からだもすっかりもとどおりに動く」

グインはよろめきながら立ち上がってみた。まだ、夜は深かった。頭の上にはきらめく星々と、そろそろかなりかたむきかけている月のすがたがみえ、そして、あたりは、深いパロ中部の広葉樹林であった。

グインは何回か足を踏んでみて、ようやくからだの力が戻ってくることを感じながら、とりあえずおのれの天幕の周囲に足を運んでみた。あちこちに、小姓たち、近習や衛兵たちがうずくまったり、倒れたりしていたが、なかの半分くらいは、深すぎる夢からさめたように茫然として、おのれに何がおこったのかまったくわからぬ、というようなようすをしていたり、きょとんとしてあたりを眺め回したりしていた。だが、残る半分弱は、まだ、意識が戻っておらず、うずくまったまま目をとじているようだった。

「からだが動き出したものにいって、まだ目をさまさぬものを呼び覚まさせたほうがよろしゅうございます」

ヴァレリウスは云った。

「そうでないと、また夢のつづきに戻っていってしまおうとするはたらきも残っておりましょうし――私どもだけでは、この大軍のなかで、おもだったかたを手当するのだけでも手一杯でございましたので」

「ああ。そうだな。――おい、伝令。伝令――ガウス。《竜の歯部隊》はどんな案配だ？　誰か、ガウスを呼べ」

「あ……へ、陛下……」

まるで、深い夢からさめたのか、それとも、さきほどまで目がさめていると信じていて、いまのこの森のあいだにいて夜空を見上げている状態が夢に入ったと感じているのか、よくわからぬような茫然としたようすで、よろよろと近習たちが立ち上がる。そのなかで、グインはつと膝をついて、うずくまっていたひとりの若者をかかえおこした。

「お前は、さきほどの、サイロンのラムだな」

声をかけ、ぐいぐいと肩をつかんでゆさぶってみる。明るい顔立ちの若者の目がぱっとあいて、何がなんだかわからぬようにあたりを見回した。

「あっ……陛下。――な、なんで……このような、わたくしの家のようなむさくるしいところにおいでをたまわり――あれ？」

ラムは、非常に驚いたようすであたりを見回した。みるみるそのおもてに激しい失望があらわれた。

「サイロンじゃない」

彼はつぶやいた。

「長い長い遠征がやっと終わって、母さんの作るあのタリッド一番の鶏の足の煮込みにかぶりついていたのに。……ここはどこだろう。まさか……夢？　いや、そんなわけはない。たしかにおれは母さんの煮込みの煮上がるのを待ちながらはちみつ酒を飲んでいたのに……いったいここは……」

「しっかりしろ、ラム。われわれは、黒魔道のあやかしにかかって、夢を見させられていたんだ」

グインはかるく、ラムの頬をぱちぱちと叩いて正気づかせようとしながらいった。

「他のものたちもまだなかなか夢から覚めてくれぬ。早く目をさまして、ほかのものを、揺り起こしてやってくれ。でないと、ここに奇襲をかけられでもしたらわれわれはもう、いかに大軍といえど危ないかもしれんのだ」

「ええッ。……ああ、おお、では、陛下、これがまことのうつつなのでございますね？　なんてことだろう。ああ、あんなに……あんなに、母さんが喜んでいたのに……レムも、カラムも、ユナも、小さいセーラも、みんなあんなに喜んでくれたのに……ああ、失礼いたしました……おい、起きろ。起きるんだ、モック……起きろ、これは、敵の術なんだぞ、ジュー」

ラムはかなりしっかりした若者であるようだった。最初は、激しい失望と、没薬の影響もあるのだろう。ぼんやりしてはいたが、それでもすぐに、ほかのものをけんめいに起こして、事情を知らせようとしはじめた。

グインは、いくぶんまだふらつく足をふみしめて、街道の赤いレンガの上を大股に歩き、《竜の歯部隊》の精鋭たちのあいだを通り抜け、黒竜騎士団のほうへと歩いていった。ヴァレリウスが、数人の魔道師をしたがえてついてくる。

「申し遅れましたが、わたくしは、完全に編成の出来上がった陛下のための魔道師団、上級魔道師十人、中級魔道師二十人、一級魔道師四十人に見習い魔道師約二十人をひきいて、陛下のお手伝いのため合流すべく陛下のおんもとへかけつけたところで、この状態を拝見いたしましたので……しかし、私どもがちょうど間に合ってお役にたててようしゅうございました。でなければ、ケイロニア軍はほとんど戦闘能力を失った状態のまま、今夜一夜くらいはそのままになっていたでございましょうし……この《夢の回廊》の術は、かけてそのままにしておけば、時間がたてばたつほど悪夢の状況がすすみ、また目覚めにくくなり——どんどん夢の奥深くに入ってしまうのです。どんどん、時間がたつほどに被害者が増えましょうゆえ——その、残りの魔道師軍団のものも全員が、ケイロニア軍のかたがたをかたっぱしから起こし、この術からさめさせようとしておりますが、それにしても、ケイロニア軍の数と比して、あまりにも魔道師は少のうございますので……ディモスどのにお願いして、ディモスどの配下の軍勢のワルスタット騎士団の皆様にも、どんどん、悪夢の眠りにおちているケイロニア軍を起こして事情を説明するようお願いしたのですが、まだそれでもかなり手が足りておりますまいし……」

「これだけの人数にいちどきにこれだけの魔道をかけるとはな」

グインは歩きながらうなった。

「さすが、というべきか。……これだけのことができれば、確かに、非常に力のある魔道師ならば、単身で一国の軍勢全員を敵にまわすこととてできような」

「本来は、この術は、こんなふうにして集団にたいしてかけるものではございません。私は、せいぜい、没薬の助けをかりても、いちどきにかけるのは数人が限界というところです」

ヴァレリウスは地面から一タールくらいのところをふわふわと漂ってグインについて

きながら云う。

「本来また、こんなに大勢の人に集団でかけたところなど、見たことも、こういうことがあったときいた記録もございません。それゆえ、もしかしたら私の知っている《夢の回廊》の術ではなく、それをもっと、改良して、大勢にいちどきにかけられるようになったたちのわるいものかもしれませんが——でも、大丈夫です。何も、ケイロニア軍の側にはそれへの防御も、知識もなかったからふせぐことが出来ませんでしたが、本来、力のある魔道師がひとりでもいれば——申し訳ないことですが、ギール程度ですとまだぎりぎり無理だと思います。この術についての知識がなければ、何が起こっているのかもつかめず、むろんどうやってその術をとけばよいかもわからず、どうにもなりませんから——あらかじめ没薬がまかれた時点で気づいておりますから、ただちに対処して薬を配ったり、眠らないよう注意させたりできますし、また、眠ってもすぐに揺り起こしてしまいさえすれば、べつだん問題はないのです。この術は、いったん目をさましてしまいさえすればよいのですから。……じっさい、ギール自身も眠り込んでしまって、まことにお役にたたぬことでございましたが、それでも眠り込む直前に、おかしいと感じて私のところに心話で連絡をとばしてくれましたので、それで、予定をはやめて出発し、本当は明朝に到着する予定でおりましたものを、今夜につくよう変更したようなしだいでしたので……」

「なるほど。そうだったのか」

「でももう御心配はいりませんよ」

ヴァレリウスは、もしかしたら、あの悲しいヤーナの村以来、はじめてかもしれぬ、かすかな笑顔のようなものを口辺にただよわせた。

「もう、こののちは私もロルカもディランもおりますので。……現在、パロ魔道師ギルドで参加可能なすべての上級魔道師を連れて参りました。サラミスにもほんの少々は残してございますが……どちらにせよ、あちらにはイェライシャ導師をもお願いしてございますし、何かあればただちに連絡が届くようになっておりますので。……こののちのクリスタル攻防には、おそらく魔道がかなりのかなめになって参りましょうし、ケイロニア軍にとっては、もっとも不慣れないくさの展開となれば——いかに世界最強のケイロニア軍といえども、黒魔道あいての戦いとなれば……」

「それは、まったく、相手にとっては赤児の手をひねるようなものかもしれぬさ」

グインは、両側に展開する光景にいくぶん眉をしかめながらいった。ケイロニア軍の兵士たちは、みな、まるで、魂を奪われてしまったかのようにうつろな顔をしていた。なかには早めに魔道師たちの手によって起こされ、事情を説明されてかなり正気を取り戻したのだろう、かなりしゃんとしているものもいたし、そういうものたちが一生懸命、ほかの、まだぐったりと横になったままぼんやりと目ばかりひらいているようなものや、まだ目をさましてさえおらず、ひとりで頭をおおって泣き声をあげたり、あるいは何かひどい悪夢にでもうなされているかのように悲鳴をあげたり、あるいは幸せそうに完全に深い眠りにおちてしまっているものたちを介抱し、なんとか夢からさまさせて正気づかせようとしていたが、それはずいぶんと、常日頃規律正しいのが誇りのケイロニア軍としては異常な、見たこともないような光景だったのだ。

「我々の軍の最大の弱点が思わぬところでこんなにも露呈するとはな」

グインはつぶやいた。

「まさか、魔道などが、二万にも及ぶ大軍にこんなふうに作用しようとは、ケイロニア人なら誰ひとり想像もしておらぬ。それがすなわち、我々の弱点になってしまったわけだな。しかもこのあと、いったいどのような魔道が次々と繰り出されてくるのかますます想像もつかぬ。――ヴァレリウス、あのアモンというやつ、相当に手ごわいと俺は思うぞ」

「それはもう」

ヴァレリウスはひっそりと答えた。

「じっさいには、魔道王といったところで、レムスの魔道はヤンダル・ゾッグが残していったものの生かじりにすぎますまい。じっさいの、敵方最大の魔道師というのはおそらく、魔王子アモンとみて間違いないと、私もかねがね考えておりましたが……」

「だがそのきゃつはいまちょうど弱っているはずだ」

グインは、最前の、スナフキンの剣で叩ききったときの、アモンのことばをヴァレリウスに説明した。

「きゃつがもういっぺんからだを取り戻し、さらに強力になる前にクリスタルに出来れば突入できるといいのだが……この状態では、いますぐ動き出すのは到底無理だな。――おお、ゼノン、トール」

「へ、陛下」

魔道師たちが、同じところに集めておいたのだろう。金犬騎士団と黒竜騎士団のちょうどわかれめのところに、金犬将軍ゼノンと、黒竜将軍トールが、これはもうかなり正気は戻っていたが、ひどくことの展開がのみこめぬようすで、飲み物をあてがわれて下級魔道師たちに介抱されていた。グインのすがたをみるなり、かれらは飛び上がった。

「いったい、これは……いったいわれわれはどのような魔道とやらにかけられましたので……」

「あの白い霧が実は没薬で、それを吸わされて、そのあとで夢のなかにひきこまれ、おのれのもっともおそれたり、望んだりする夢のなかに人間をひきずりこんで醒められなくする、《夢の回廊》とかいうキタイの黒魔道に全員がかけられたのだ」

グインは簡潔に説明した。

「なんてことだ」

「まったく、そのとおりだ、トール。とりあえず、からだの動くものから、他のものを起こしたり、この説明をしてやるようにいってくれ。長く眠らせておけばおくほどこの術の危険が増してしまう、のだそうだ」

「なんてことだ」

　またトールはいった。

「こんないくさは嫌いですよ。これは俺たちの知ってるいくさでもなんでもありゃしない。まるで、タリッドのまじない小路のロクデナシどもが――あ、失礼」

「まあ、かまうまい。ヴァレリウスたち、魔道師ギルドの魔道師たちと、まじない小路の大半の野良魔道師とは違う」

「まあ、その……つまり、何です。われわれは妙てけれんな黒魔道にしてやられてた、ってんですね。しかも、そんな意識もなく」

「そのとおりだ」

「こっちがそんな警戒を全然できないのに、気が付いたら全員が眠らされてしまってるなんて、敵方にはいつでもこんなことが自由にできるんだとしたら、これは大変なことじゃありませんか」

「まったくだ。だからこそ、こちらもヴァレリウスどのの魔道師軍団の加勢をお願いするのだ。これからはもう、してやられてばかりはおらぬさ」

「俺は、黒竜騎士団の十竜長として、みんなとわいわい、サイロンのタリナの居酒屋で大騒ぎして、それはそれは楽しくやってましたよ」

トールは荒い失望の鼻息を吹いた。

「目がさめたとき、魔道師どのに何か飲む薬をもらいましてね。おのれがタリナの《三拍子亭》で仲間と楽しく飲んだくれているんでもなく、おのれがただの十竜長でもなくて、ここはパロで、俺は黒竜将軍なんてものになっちまったんだと気が付いたとき、どれほど、がっかりしたか。——でも、おお、そうだ、陛下と一緒に遠征にきてるんだ、とわかったら、それはそれで悪くねえやと思い直しましたがね」

「お前は、どのような夢をみていたのだ、ゼノン。云いたくなかったら、云うことはないが」

グインは、まだなんとなくぼうっとしているのでひどく少年めいて見えるタルーアンの巨人にいった。ゼノンは、ぱっと頬をあからめた。

「そのう……そのう、陛下のおん前で、戦車競争と、戦車での闘技に勝ち抜いていって……とうとう、さいごの試合に勝って……陛下から、『ゼノン、お前は、ケイロニア最高の……』いや、その……」

「なんだ。いいから云ってみるがいい」

「『ゼノン、お前こそ、ケイロニア最高の英雄だ。こののちも、ずっと俺の右にあってともに戦ってくれ』とおおせられて、お手づから金のヴァシャの冠を頂戴したところだったのですが……」

ゼノンはまたしても耳まで真っ赤になった。

「あのう、そのう……決して、私は、そんなふうにうぬぼれては……第一、このところ、ずっと失策つづきでひどくおのれにがっかりしておりましたし……」

「お前はまことにケイロニア最高の英雄のひとりにたぐいもないし、ずっと俺の右にあってともに戦ってくれることはつねに、俺にとってはこよない喜びだとも」

グインは笑った。ゼノンはまたしても、これ以上なれないくらい真っ赤になったが、こんどは喜びのあまりだった。

「へ、陛下……」

「夢のなかでそのようなことを云われていてもしかたもあるまい。うつつの中で、うつつの俺がいつでもそう云っているのだから、夢のなかで満たされることを求めるまでもあるまいさ」

「は、はあッ!」

ゼノンは反射的に思わず胸に手をあて、戦士の忠誠の礼をする。

「ケイロニアのかたがたの魂は、基本的になんとも素朴で晴れやかでおいでなのですね」

ヴァレリウスはつぶやいた。その灰色の瞳はひどく遠いところを見やっているように遠かった。

「パロでこの術をかければ、百人のうち九十五人までが、おのれの中に秘めていた悪夢にのたうちまわって恐怖と憎悪と恐慌に狂い死にするか、殺し合うことになるでしょう。……こんなにすこやかに、何の悪影響もなくこの術からさめる人々がたくさんいるとは、なんとも素晴らしいことです。――それはこの術を編みだしたキタイの竜王でさえ仰天せざるを得ないでしょう。この術は、『人間の汚く醜い本性』をあばきたて、それを当人にはねかえす武器として突き刺すためのものなのですから。……ケイロニアの勇士たちの心には何のやましいところもない。このような結果はパロの魔道師も、キタイの魔道師も、〈闇の司祭〉にせよ誰も予測もしておらなかったでしょう。なんとも複雑な気持ちです」

「………」

グインは黙っていた。内心では、それが夢ではなくうつつであったのにせよ、そのすこやかで単純素朴な北の勇士たちのなかで、おのれひとりが、狂乱する、心を病んだ妻への苦悶に煩悶していたのだ、という、かぎりなくにがい苦渋を彼ひとりが味わっていたのであった。誰ひとり、そうと知るすべさえもなかったにせよ。

3

ケイロニア軍の兵士たちが、一人残らず起こされ、事情を説明され、そして意識がようやくうつつを取り戻すまでに、これだけの大軍のこととて、かなりの時間がかかった。ようやく、かれらが、秩序と、いつなんどきなりと出動できる、という態勢を取り戻したときには、すでに夜はしらじらと明けかけていた。一夜のほとんどが、その《夢の回廊》の術の後始末のためについやされてしまったのである。

グインが調べさせたところでは、やはりさすがに全員がトールやゼノンのようなわけにはゆかなかった。なかには、おそろしくふさぎこんでしまって、目がさめてからそれぎりまったく口をきこうとしなくなってしまったものもいたし、ひどく衰弱してしまって起きあがれなくなったものもいた。また、夢をみているあいだにおのれでおのれをどのようにいためつけてしまったのか、ひどい怪我をしているものもいたし、狂乱した仲間がふりまわした剣で怪我をしたものもいた。まったく無傷というわけにはどの隊も、どの騎士団もゆかなかったが、もっとも被害の少なかったのは、やはり《竜の歯部隊》

であった。きびしい訓練と節制が、おのずと精神をも鍛えあげることになったのだろう、というのが、ヴァレリウスの判断であった。

かれらがほっとしたことには、ケイロニア軍がそのようなかなりの混乱の極致にある状態のあいだ、レムス軍の奇襲がかけられる、という、もっともおそれていた事態だけは避けられた——最初にからだの自由をとりもどしたものたちに斥候させ、またヴァレリウスの魔道師団もかなり広範囲にわたって警戒網をめぐらしたのだが、どこにも、レムス軍の部隊がひそんでいてケイロニア軍を襲ってこようとする気配はなかった。むしろ、レムス軍は、出動していた部隊までもみなクリスタル防衛のために、クリスタルに引き揚げたようだ、というのが、魔道師たちの報告であった。

「レムスは、クリスタルが、攻防のかなめとなる、と考えているようですね」

ヴァレリウスは、ようやくいくらか落ち着いた陣中で朝食をとっているグインにむかって云った。

「というよりも、おそらくは、まだ何回かこうした魔道のワナで少しづつ力をそいだり、時間をかせいだりはするかもしれませんが、何か、たぶんクリスタルに最大の罠なり、戦略なりをしかけておいて、そこに引き込んでそこを決戦の場としよう、というつもりではないか、と私は考えたのですが……」

「俺もそう思う」

グインはむっつりといった。見たかぎりではいつもと特にどこが違っているという感じもしなかったし、あまり彼をよく知らぬ人間なら、何ひとつかわったところはない、と思っただろうが、じっさいには、グインは、《夢の回廊》の一件以来、かなり気分が沈んでいて、いつにないほど、彼としては、ふさいだ気持であったのだ。だが、彼の落ち着いた態度とその豹頭とは、べつだん何もそのような彼の状態を周囲のものに感じさせはしなかった。たぶんそのような彼の変化に気づいていたのはヴァレリウスだけだったろうが、ヴァレリウスはあえて何ひとつそれについてふれるようなことはしなかった。

「それに何をいうにも、広い場所では二万の軍は拡散していろいろに使い回せるし、退却するにせよ、攻め寄せるにせよ、いろいろな戦法、兵法というものがある。――だが、クリスタルにおびきよせられれば――地理もこちらにはよくわからぬ。また、市民たちをむげに殺傷するのはケイロニア軍のやりかたではない……だが、市民のすがたをかりて、相手方はどのような策略でも使えるわけだ。正面から軍隊対軍隊でぶつかれば、パロ軍には、おそらく、人数が数倍していようとケイロニア軍に対しての勝ち目はなかろうが、魔道と卑怯な策略をもってすれば……しかも、クリスタルという都市全体をひとつの迷路としてそこにケイロニア軍をおびきよせ、小さな部隊づつに分断されるよう仕向けてしまえば――あの霧を使ってでもなんでも、そうした手段はあちらはいくらでも持っていよう。そうすれば、二万がたとえ十万いようとも、ひとりではごくごく弱いパロ兵でも、どうにでも料理のしようを持つということになる」

「はあ……」

「しかも、その中心にはクリスタル・パレスがある」

グインはそそくさと食事をすませて、カラム水の杯を取り上げながらうなるように云った。また、天気のよい朝が訪れようとしていたが、とうてい、グインの心は、朝空のように晴れ上がるとはゆかぬようであった。

「クリスタル・パレスこそ——いまやこの魔道の王国の本拠地、魔道の都の中心、すべての黒魔道の発する源として、ひとつの魔宮そのものに変容していると考えなくてはならぬ。——それは、俺自身が、クリスタル・パレスにあえて入り込んでこの身をもって確認してきたことだ」

「わたくしも、クリスタル・パレスにとらわれていた折りに——それをしかと確かめることになりました」

ヴァレリウスは重い声でいった。

「あの折りには、あちらにはキタイの竜王がおり、それがおそるべき魔力の源となっておりましたが——それに比べれば、いまのほうがおそらく、多少はその魔力は落ちておりましょうが、そのかわりにたぶんかれらは周到な用意をする時間はもつことになったと思いますので……」

「アモンの魔力について、今少しはっきりとした情報があればいいのだがな。――レムスについてもだが」

グインはカラム水を飲み干し、おかわりを求めて杯をまた卓の上においた。

「レムス王については、たとえどれだけ、ヤンダル・ゾッグが魔力を授けていったにしたところで、もとが、正規の魔道教育を受けた人間ではございません。魔道を自由自在に使いこなすには、非常に特殊な肉体的、精神的訓練を子供のときから長期間、受けなくてはなりませんし、それは、かなり年齢がいってからはじめたのではもう間に合わないといわれております。じっさいには、十歳以後にはじめた魔道師は、それ以前にはじめたものよりも確実に、最終的には魔力において劣り、十五歳以後にはじめた者は上級魔道師になることはかなり難しく、二十歳をこえてはじめて魔道にふれたものは、まず、一人前の魔道師となることは至難であるといわれております。――レムス王は十四歳で黒竜戦役にあい、その後もパロ聖王家に特有の、魔道師としての教育を受けておりません。本来ですと、パロ聖王家の男子というのは、ヤヌス教の祭司長をかねますので、ヤヌス教団の宗教学と、魔道、そして科学とをすべておさめなくてはならぬことになっておりますが――レムス王はそのいずれも、きちんとしたかたちでは、おさめるべき年代におさめておりませんし……」

「ふむ……」

「ですから、もしも、キタイ王の非常な力を注入され、いろいろな知識をさずけられて魔道師としての力をもったにせよ、レムス王の肉体そのものは、まだまったく、普通の一般の人間のものでしかありませんはずで——だとすると、よしんばいくつかの、特定の魔道の使い方についてはキタイ王がそれなりに教えていったにせよ、それ以外のものは——根本的に魔道師になりおおせた、ということはありえませんから、応用もききますまいし、習っていないことは修得できますまいし……」

「ふむ、そうだろうな」

「ですから、これまでのところレムス王が使った魔道については、ごく初歩的で、教えられればパロ聖王家の王子ならば使えるようになるはずだ、というもの、空中歩行だの心話だの簡単な催眠術を除きましては、やはりヤンダルが残していったものだと思いますし、この《夢の回廊》のような大がかりな術は……たぶん、そのていどの訓練では、とうてい……」

「ということは、やはり、アモンだな」

「アモン王子はそもそもがきわめて異常な存在ですし……もともとが、異次元の生命体だと思います。いや、異次元の生命体が、この世界の存在のかたちとあわさってできた異形の存在、というべきなのでしょうが」

ヴァレリウスはためらいながらいった。

「アモン王子についてはあまりにもわからぬことが多すぎて――いまのわたくしには、はっきりとは申し上げられないのですが、ただ、どう考えても、常識では信じられぬほどの大きな魔力を持っているとしか……その異常な成長ぶりもそうですし、それに、お話をうかがっていても、あきらかにアモン王子自身は、相当な修業をつんだ黒魔道師と同じほどにやすやすと、あらゆる魔道を使いこなしているふしがありますし……ただ、普通の黒魔道師でさえなく、それだけ異常な生まれかたをしている、異様な存在ということになりますと、もう、通常の我々のはかりかたで、どのくらいの魔力を持っているとは……本来は、魔道師どうしというものは、ごくごく機械的に厳密に、お互いの力、というものについてはかれるのでございますが……」

「やつは確かに尋常でもないし、なみの存在でもない」

グインはちょっとかるく身震いした。

「やつにまみえたことはまだ数回ほどしかないが、そのたびに、きゃつは毎回、それぞれに異なるおそるべき魔道の力を俺に対してひけらかした。また、その力は、くやしいが確かにおそるべきものだった。――ヤンダル・ゾッグと比べてどう、とは言えぬ。俺は、ヤンダルについて、そこまで断言できるほどよく知っているわけではないからな」

「それは、わたくしとて同じことで」

ヴァレリウスは慎重に云った。

「わたくしのほうがたぶん、陛下よりももっと、かのキタイ王について存ずるところは少ないと思いますし――少なくとも、陛下はいくたびか、彼と直接に対決し――またことばもかわしておいでになるのですから」

「そもそも《彼》という個体が存在しているのかどうか――俺は、それさえもやや疑わしい、という気がしていたものだ」

グインは云った。

「これについては、むろん、何のうらづけがあるわけでもない。だが、俺は――まあ、俺の直感として、でもかまわぬが――なぜか、いつも、ヤンダル・ゾッグのことを《彼》という、我々――俺やおぬしと同じようなひとりの人間、たとえ頭が豹頭や竜頭であるにせよ、なかみはおのれの自我と好みや喜怒哀楽や愛憎をもつ、個体である人間、という感じがまったくしなかった。――といって、大勢の人間がキタイ王の役をかわるがわる、あるいは共同で演じている、という感じではない。そういう、我々が理解できるようなものではない、何か想像を絶するような異質な何か――この地上にこれまで知られていたのではないようなかたちの、存在のしかたをする何か……」

「わかります」

ヴァレリウスはそっと云った。

「少なくとも、わかるような気がいたします」

「そして、その《何か》が、われわれに出くわすときにはたまたま、われわれに理解でき、知覚できる人間のかたちをとったり、あるいはその形態をまねて、われわれに接してくる——なぜなら、そのほうが、われわれが《彼》を理解しやすいし、まったく理解できぬものには、そもそも人間というのは服従など出来ぬものだからな。……だが、まことには、それはまことに異質なもので、しかも、そのひろがりや深さ、力、というものの大きさも範囲もまた——想像を絶して大きいというよりは、われわれとノスフェラスの砂漠とがまったく別の存在であるようなかたちで、まったく別の存在なのではないか、としか考えられないのだが……これも、俺の、これまでヤンダルに遭遇したかぎりでの、わずかな経験と直感にもとづく判断にすぎぬのだが」

「しかし、陛下のおおせになっていることはわたくしには非常によく納得がまいります」

ヴァレリウスは云った。

「そして、確かに、アモン王子というものが、その意味では、われわれよりもキタイ王のほうにより近い存在——キタイ王がもたらしたものである以上、それは当然でございますが……だということも……」

「そう、問題はそれだな。だが、ヤンダルは俺にとっては、《まったく別の世界からやってきた存在、あるいはその末裔》ということで、どれほど異質であっても、そういうものが存在するのだろう、と考えてすむ。だが、アモンは――アモンは、ともかくも、ひとのすがたをとっている――たとえそれがどのようなぞっとする方法で作り上げたいつわりのひとがたであるにせよ……」

（また、たくさんの人間を食わなくちゃいけない――でも、パレスにはだんだん、若い子がいなくなってしまって……）

あの、おそるべきアモンのせりふを思い起こして、グインは、ぞっとそのたくましいからだをふるわせた。

ヴァレリウスは、口をつぐんでしまったグインを、するどい灰色の目で見つめた。

「それでも、あえて――陛下は、クリスタルにお入りになりますか。これまで、レムス、ないしアモン王子が仕組んできたことはすべて、かれらが、クリスタルを巨大なひとつの罠としてケイロニア軍を迎え討てるように準備がととのうまでの、周到な仕掛けか、あるいは時間稼ぎの罠ばかりです。……そのあいだに、クリスタルは――またクリスタル・パレスは、あのあやしい魔宮からさらにすすんで、いったいどのような場所となっているとか……そこに入れば、むろん、敵は思うつぼでしょう。得たりと、すべての魔道の陰謀が襲いかかってくる――」

「……」

「はっきり申し上げて……このようなことを申し上げなくてはならぬのは、非常に無念なことですが……いまの私の力ひとつで、アモン王子とレムス王の黒魔道を完全におさえこめるとは、私にはとても思えません。……おのれの力は知っています。魔道師であれば、よほど愚かなものでないかぎり、誰だって、最初に学ぶのは、『いま現在のおのれの力』を非常に正確に把握することです。――それによって、魔道師たちは、どの魔道師はおのれより下であり、この研鑽によって何人の魔道師を抜き去ったか、というようなことを非常に明確に、数字によって特定できるくらいはっきりと知ることになるのです。――レムス王についてはまだわかりません。ヤンダルにはくらぶべくもありませんが、もしも、私が申し上げたような、ヤンダルがにわか仕込みで教え込んでいっただけの魔道をレムス王が駆使しているだけのことなら、私は、レムス王を斃すところまでは責任はもちます。出来ると思います」

「うむ」

「しかし、アモン王子が不安です。……ヤンダルの半分、いや、三分の一の黒魔道の魔力を持っていたとしても、私には、おそらく対抗できないでしょう。今回ともなってきている上級魔道師、ロルカ、ディラン、アイラス、ミードなど、上級魔道師の力のあるほうのものは、私とほぼ同等か、それよりちょっと下の力をもっているものたちです。そのう――私は、もともとが、かれらのように、ごくごく幼いうちに魔道師の塔に入って修業をしたはえぬきではない、という負い目がありましたので、非常に一生懸命勉強したのです。それで、いっては何ですが、かれらより鍛えのたりない部分もありますが、ずっと魔道師ギルドのなかにのみいたかれらでは絶対にできないこともかなり学んできました。——力と知識は同程度でも、それを使う方法についてはたぶん私のほうが自由な分、さしで対決すれば確実に私が勝つでしょう。——が、ということは、この魔道師団には、私以上の魔道師はいないということです。……むろん、全員の力をあわせれば、それなりに、相当な力のある黒魔道師にも対決できるだけの魔力を有するといえるようになるのですが、しかし、団体で立ち向かうのは、いったんそのなかのひとりが突き崩された場合にきわめてもろいのです」

「………」

「そういう意味で、私は……いまの、陛下のもとにともなった魔道師団だけで、アモン王子の黒魔道に対抗できるかどうか、非常に心配なのですが……といって、イェライシャ導師に頼るというのも、あまりにもまたいくじのない話である上に、いま、サラミスをイェライシャ導師に全部おまかせして、少しでも力のあるものはすべて、数をそろえようということで、こちらに連れてきてしまいましたので……」

「俺は、思っていたのだが」

グインは、彼をさえぎった。

「アモンは確実に、俺の斬りつけたことでかなりのいたでをおったはずだ。――ということは、少なくともいま現在は、アモンの力が一番弱い――そして、きゃつは、その前にも重大なことを口にした――俺が、おそらくは、見かけどおりの馬鹿な豹だとみくびって、そのようなことは洩らしてもわかるまいと思ったのだろうがな。――つまり、アモンは、『まだ完全な成体ではない』ということをだ」

「ああ……はい……」

「アモンは、生まれた、とレムスが、国民の前に公表したのがいまから約三月ほど前、たぶん、じっさいにクリスタル・パレスにその《種子》が運びこまれたのはさらにそのもうちょっと前」

グインは考えこみながら云う。

「そして、俺がクリスタル・パレスにあえて乗り込んだときには、世継の王子が生まれた、と公表されてから、およそ二ヶ月がたっていたくらいだった。だが、俺の前にあらわれたアモンは、すでに六歳くらいの童子のすがたをしていた。きゃつは、わずかふた月で、通常の人間ならば五、六年以上の年月分を成長してしまったのだ。――そして、その次に俺のもとにきゃつがあらわれたとき、こんどはきゃつはさらに成長し、十歳くらいの少年のすがたになりおおせており――それから十二、三歳くらいに、そしてそのわずか一日後にはもう、十五、六歳の少年のようなすがたになりおおせていた。……それについては、アモン自身が、もうちょっと時間があれば、完璧な成人としてあなたに会えるのだが、とほざいた」

「………」

ヴァレリウスはそっとルーンの印を切った。そして、何もいわなかった。

「おそらく、いくらきゃつが魔物で、成長が異様に早かったとしても——また、きゃつは、俺にむかってはっきりと、おのれが人をくらうこと、ひとの肉と生命と精気、そしてその知識とを吸い取って成長しているのだ、ということを隠しもせずに告げたが、そのようなよこしまな異様な成長のしかたをしているとしても、これはたぶんきゃつの種族としてもあまりにも無理がかかっているのだと俺は思う」

「はい……」

「本来なら、パロがこのような騒動におちいらなければ、ヤンダルの計画としては、おのれの血をわけたアモン王子をアルミナ王妃にはらませ、それがレムス王とアルミナ王妃の正規の子、唯一のパロの王太子として正式の王位継承権をもち——そして、あるていどの期間がたち、まあ多少は急ぐとしてもだが——アモン王子がちゃんと、パロの王位をついでもおかしくない年齢になったところで、たぶんはレムス王を片付け、アモンが正式にパロの王として即位する——そういうかたちで、まったく無血に、何の支障もなくパロ一国をキタイの傘下におくことを予定していたのだろう。だが、アルド・ナリスどのの炯眼のためにそれは見破られ——その計画の骨子そのものがというよりも、キタイのパロ侵略の計略があることがだな。そしてナリスどのの謀反による内乱、神聖パロ王国の創立という展開になった。そのために、アモン王子はたぶん、通常の時間をまっていることができず、早く戦力になるために、異常な速さで成長をとげなくてはならなかった」

「はい」

「また、当然通常ならば、それはクリスタル宮廷の重臣たちにも、一般の国民にもあやしまれてしまう。その異常な速度の成長をみて、誰しも、それがはえあるパロの正統な世継の御子として受け入れることは困難だろうからな。——それゆえ、これは俺の憶測だが、クリスタル・パレスの内部にも、本来ならば、あそこまで魔道をゆきわたらせ、なかにいるもの、宮廷を構成するものすべての精神を支配するのは大変な仕事だ。それよりは、なにごともないような顔をしてただ、アモン王子の成長がちょっとひとより早い、という程度にしておきたかったのだろうが、そうは出来ず、その異様な成長の早さを、納得させるためには——といっても正気ならば納得のしようもないのだから、結局のところ宮廷の構成員全員の脳を支配し、精神を操縦してしまうほかはなかった、ということだろう」

「はい……まさしく、そのように——」

「そして、おそらくはアモンの成長にしても、いかに彼奴の魔力が強大だとはいえ、たぶんまだ本来の力を存分に、十割がた発揮しうるものではないのに違いない。だからこそ、宮廷の若い女官や小姓などをいけにえにして、その肉や生命をくらって強引に成長してしまう必要があったのだろうと思う。……そして、そのからだをどうやら俺が、スナフキンの魔剣によってまた、壊してしまった」

「はい」

「つまり、アモンは、いまからまた、大急ぎで、おのれのからだを修繕なり、作り直すなり、しなくてはいけない——それだけの時間が、我々にはできた、ということになる」

「は——」

「それをおそれてあちらも、こちらを足止めするためにいろいろな手を繰り出してきたのだろうし、これからもまた、ますます足止めのための奇襲や魔道の襲撃が激しくなるかもしれぬが——が、少なくとも、今度はこちらにも、おぬしらの魔道師軍団がいる」

「………」

「俺はむしろ——クリスタルに攻め込むのは、いまをおいてはない、と考えている」

「いま」

思わず、ヴァレリウスは顔をあげた。

「いま——とおおせられましたか」

「そうだ。さすがに、あのあやしげな夢の術にかけられて、まだ兵士たちの動揺がおさまりきっておらぬ。その時間だけ見て、ちょっとだけ休ませ、この朝があけきったころにはもう、このまま一気にクリスタルをつく——どちらにせよ、おぬしらが合流してくれしだい、そうするつもりだった。きゃつらは余分な足止めをくわせようとしたことで、アモンがいたでを負うという結果になった。クリスタルをつくのは、いま、いまだ」

「……」

ヴァレリウスは、一瞬、何か反対しようとするかのように口を開きかけた。が、それから、かるく、おのれを笑うように肩をすくめて、うなづいた。

「宜しゅう御座いましょう。陛下がそのようにお考えになりますならば、まさしくそれが最良の策で」

「ほう。おぬしは、そう思うか」

「はい。……わたくしの魔道で、どこまでお役にたてるものかはわかりませぬが、それは、このさき何がおころうと同じこと。……よほど誰か強力な魔道師の応援をでもあおがぬかぎりは、クリスタルに敵がどのような魔道のワナをしかけておりましょうと、われわれの全力をつくしてたちむかい、その魔道をねじふせてゆこうとするしかございますまい。——ならば、まさに陛下のおおせになったとおり、アモン王子がそのようないたでを受けているとすれば、いまにまさる好機はございますまいかと」

4

グインは、もっと、ヴァレリウスが反対することを予期していたようだった。

一瞬、黙って、彼はヴァレリウスを見たが、それからかすかに笑ってうなづいた。

「おぬしがそういうてくれると、重畳というものだぞ。ヴァレリウス」

「わたくし自身はもう――」

こんどは、かなりはっきりとヴァレリウスは笑った。灰色の瞳のほうは少しも笑いの影さえもなかったが。

「わたくしはもう、わが身がどうなるかということには――いかなる興味もございませんので……ただもう、陛下のお役にたてれば、そしてクリスタル・パレスを解放し、パロのひとびとを苦しみからときはなってやることができればという、ただそれだけでございますので……」

「そうか」

グインは、何か云おうとするかのように、じっとヴァレリウスをみた。だが、考えなおして、黙って大きくうなづいた。

「俺には、魔道のワナについてはとんとわからぬ。その点は、すべてをおぬしら魔道師軍団にゆだねてしまうことになる。ケイロニア二万の遠征軍のさいごの運命がおぬしらにかかっている。よしなに頼むぞ、ヴァレリウス」

「かしこまりました。及ばずながら、力の限りをつくして」

ヴァレリウスが答えた――そのときだった。

「陛下」

ヴァレリウスはふいに、ことばを途中で切り、さっと、グインのかたわらに寄った。

「失礼。迂闊でございました。というよりも、これは」

「どうした」

「《魔》の気配が、すぐ近くに――大事ございませぬ、もう結界は張りましたが、これほど近くまで、わたくしに感じさせなかったのは、殺気、害気がございませぬのと、もうひとつは、よほどの……ああ、やはり」

グインは、ヴァレリウスの指さすほうをみて、唸った。

赤い街道の硬そうな地面――赤煉瓦のしきつめられた地面から、にょきにょきと、まるで地面の下から巨大なミミズでもが生え出したようにして、ぶきみな、髪の毛の全然生えていないつるつるのあたまと、それに続いて真っ白な上半身とがぬらーっとのびてきはじめたのだ。

「これは、これは」

グインはいやそうに鼻面にしわをよせた。

「きさまか。剽軽者の淫魔めが」

「ひでえー」

淫魔ユリウスは、なにやらかなりようすがかわっていた。

あれほど美しかった顔が、半分くらいにげっそりとやつれはてている。そうして、髪の毛は一本もなく、眉毛さえもなく、からだのほうは、なんとなくぐにゃぐにゃとして、人間というよりは、巨大な白いひもをひきのばしたみたいにみえた。だが、そのきらきらと輝くみだらないたずらそうな瞳は前のままで少しもへこたれていなかった。

「よう。お揃いで。おひさしぶりじゃん」

「どうした。だいぶん、貧相になったものだな。何かあったのか」

グインは、獰猛に鼻にしわをよせながら云った。おそらくは、ユリウスなり、そのあるじなりが、結界を張ってしまっているのだろう。ユリウスの出現は、他のものには見えないのか、あるいは、ふいに（この近くに近づいてはいけない）というような命令を受けたように感じるのだろう。まわりには、ふっと、ケイロニア兵たちのすがたもなくなっている。

「あったもくそもあったもんじゃないよ」

ユリウスはげんなりと云った。

「あのくそったれの東方のバカ魔道師のおかげさあ。きゃつが、おいらの大事なきれいな髪の毛を全部焼いちまうわ、からだから力は吸い取ってしまうわ……もう、死ぬところだったんだから。ほんとに、おいらでなけりゃ、間違いなく死んでただろうな。なにせおいら、太古から生き延びてきた古代生物の生き残りだから、もんのすごーく、生命力が強いからさ。じじいは砂ヒルかイドなみだなんてぬかしやがったけど、とにかく、細胞のひとかけらからだって、時間さえかけりゃ、なんとか再生してお目にかけるからね。どんなもんだいだ、まったく。あのくそったれのイシュトヴァーンめと、それからあのくそったれのレムスと、それから、そのレムスの本体のあのくそったれの……」

口のほうは、たいしたいたでをも受けておらなかったらしい。ユリウスは、おのれがかれらにしてやりたい猥褻きわまりない仕返しについて、たっぷり三タルザンくらいもあろうかというくらいの時間をかけて、すごい早口で、よくまあこれだけたくわえたものだと思うほどの猥褻なことばを使ってならべたてた。それから、グインとヴァレリウスのうんざりした顔をみて、多少は溜飲がさがったとでもいうかのように、ながながとかれらの前に、蛇みたいな生白い上体をよこたえた。

「ああ、もう、まだからだに心棒がないみたいで、まっすぐ立ってるのもつらいや。ほんとにねえー、王様、あんたの男の精を一回、たんとふるまってさえくれりゃ、おいらなんか、たちまちのうちに、雪よりきれいなもとのとおりの元気いっぱいのユリちゃんに再生するのになあ。こんなときなんだから、お馴染みがいに、そのくらい、してくれたっていいのに。けち」

「これはしたり、陛下もこの淫魔と知り合いでおられたとは」

ヴァレリウスが呆れて云った。

「おぬしもか。ヴァレリウス」

「私は、知り合いたくて知り合ったわけではございませんが……こやつのほうが、勝手に出てまいりますので」

「俺もそうだ。そうでないやつなど、いるのか」

「おりますまいなあ」

「なんだよ。二人して、おいらの悪口いって」

ユリウスはむっとしたようにいった。じっさい、この古代生物の淫魔には、奇妙な愛嬌とでもしか云いようのないものがあるのは、確かなことであった！　でなければ、あれほどの喪失感のなかで、ものごとすべてに関心を失っていたヴァレリウスが、ついい苦笑をうかべることなどなかっただろうし、また、グインのほうはさらに、この淫魔がダンス教師のエウリュピデスに化けてげんざいの彼の妻にした仕打ちのことを思ったら、とうてい、怒りと憎しみ以外どのような感情もこやつに向けるわけにはゆかなかっただろう。

だが、やることなすことは極悪非道の上に、いうことも下品きわまりないにもかかわらず、この淫魔ユリウスには、ふしぎと天性の愛嬌、といったものがそなわっていて、どうしても憎めないのであった！　そうでなければ、とっくに彼がすがたをあらわした時点で、ヴァレリウスは背中をむけていただろうし、グインは彼を叩き切るために、スナフキンの魔剣を呼び出していたに違いない。

ユリウスは、髪の毛をすっかり失ってしまったつるつるのあたまを、妙に猥褻なふうにぬるりと持ち上げて二人を見上げた。

「じゃ、伝言。——おいらがこんなに参ってるのに、あのくそじじい、人使いがてんで荒いんだから」

「くそじじい——だと」

「そう、ぐらち」

ユリウスはぺろりと唇をなめた。

「じいさんがね、こう云えって。——『クリスタルを攻めるには、そこな木っ端魔道師だけでは到底無理じゃ。わしがともにいってやる。わしはとても親切じゃによって、このたびは、何ひとつ要求もせぬし、豹頭王に、その代償を要求などせぬ。ただ、木っ端魔道師を何百人集めたところで、魔道師ギルドの白魔道師どもなどものの役にもたちはせぬ。アモンはげんざい、パレスの地下で若い娘どもを啖うて傷をいやしているが、それもあとものの数日もすれば少しは動けるようになろうし、いまのままでも、宮殿全体に魔力を及ぼすくらいの力はある。そして、レムス王とても——王自身には何の力もないが、王はキタイ王の計画どおりに動いているゆえ、クリスタルはまだしも、クリスタル・パレスに足を踏み入れたら、そのときが、豹頭王の大危機だと思うがいい。……だが、わしがついていってやれば——この世の三大魔道師の第一、この世の最大の黒魔道師たる〈闇の司祭〉グラチウスの助力なしでは、クリスタル攻略はかなわぬぞ』とね」

「この……」

グインは怒って怒鳴った。

「この、ふざけた淫魔め。帰って〈闇の司祭〉に伝えるがいい。いったいいくたび、この俺を愚弄したら、俺がきさまのばかげた計略には何があろうと決してたぶらかされることなどないということがわかるのだ、とな。きさまこそ、俺がいまだかつて見たなかで最大の愚かな道化だと伝えるがいい」

「途中でじゃましないで。忘れちゃうから」

というのが、ユリウスの愉快な答えであった。

「まだあるんだからさ。——ええと、だからね。……『もはや、わしは、キタイ王を中原よりとりあえずキタイへ追い返すを得た王の底力には非常に刮目している。それゆえ、けちくさい陰謀などはたくらまぬ。わしの心からなる善意とおぬしへの深い愛情をどうか信じていただきたい。わしはいまでは心から、おのれが世界を征服するためなどではなく、豹頭王に私淑し、畏敬の念をもつがあまりに、おぬしへの力になりたいと心の底から望んでいるのである』——だってさ。ふざけてるよね。誰が信じるってんだ、こんなこと」

それをきくと、さすがのヴァレリウスでさえ、すべての憂悶をさえ忘れてぷっと噴き出したが、グインは、逆に、奇妙な光をたたえたトパーズ色の目で、じっとユリウスを見つめた。

「ほう。そうなのか。グラチウスが、俺にそのような好意を抱くようになったとは、ついぞ知らなんだな」

「そうなんじゃ」

突然——

ユリウスの首ががくりと垂れたかと思うと、その首から上が、突然、しわぶかい、おそろしいほど年取った、白髪の老人の顔にかわった。額に黒光りする魔道師の輪をはめ、そのまんなかには奇妙なルーン文字をえがいた巨大なまるい銀盤がはめこまれている。

「えい、やはりこやつ、ものの役にたたぬ。——どうだな、グイン。久しいな。わしだよ、わかるか」

「……」

グインは答える手間をはぶいた。ユリウスをのっとるようにして姿をあらわした黒魔道師の総元締め、《暗黒魔道師連合》の頭目たる〈闇の司祭〉グラチウスは、ユリウスのからだを持ち上げようとしたが、それがぐにゃぐにゃと力が入らないことに苛立ったらしい。

「えい、この役立たずが。たかが、ヤンダルめにとっつかれたレムスごときにしてやられおって」

文句をいうと、いきなり、彼のその首だけがすぽんと胴体からぬけて、すいとかれらの前に浮かび上がった。

「どうだ、おふたかたお揃いで——久しいの、豹頭王よ。久しいの、灰色の目の魔道師どのよ。……まあ、あれからいろいろあったことだわな」

「きさま……」

グインはまた、鼻にしわをよせた。

「何をしにあらわれた。俺は何があろうときさまと同盟する気などないことくらい、もうわかっているだろうと思っていたぞ」

「なんの、なんの」

グラチウスは平気でいった。

「いま、わしの心のこもった伝言をきいて、おぬしの心は確かに揺れ動いたはずだよ。それに、わしは、とても嬉しいのだよ、ケイロニアの豹頭王よ。……ついに、おぬしが、何がどうあれ、わしの力を必要とする——わしがいなくてはどうにもならぬような、魔道の奥深くへと、こうしてきてくれたのじゃからな。ヒョヒョヒョヒョヒョヒョ」

「俺はたとえどれほど魔道の王国のまっただなかで、魔道の戦いにひきこまれようと、きさまの力だけは借りんぞ」

グインは答えた。グラチウスは歯の一本もない黒いぽかりとあいた空洞のような口をあいて、けけけけけと笑った。

「そういうたものではない。まこと、冗談ぬき、アモンは手ごわい相手だぞよ。……だが、おぬしにはあのとんでもない剣がある。……あれのおかげで、さしもの彼奴も——そうさ、本当は、強がってはいたものの、きゃつはあやうく死にかけたのだよ。きゃつは、まさかにおぬしが、まことにおのれを切るとは思っておらなんだのだな。そのへんが、きゃつも、まだ、さすがに子供さ。——豹頭王には不可能という文字はない、ということを何も知らぬ。ま、無理もない。あやつはどういう見かけをしておれ、どのような大言壮語を吐いておれ、じっさい、生まれてからまだ三ヶ月の赤児にしか過ぎぬのだからな。とんでもない赤児ではあることだが」

「……」

「のう、グイン。おぬしのおかげで、アモンは弱っている。いまが最大の機会だ――ともかくも、クリスタルを攻め、アモンを封じ込め――クリスタル・パレスを解放するのだろう？　それには、いまをおいてはない、まさしくそのとおりだ。わしゃ、遠いおのれの縄張りから、おぬしが賢くもそういうのをきいて、おおいに拍手喝采を送っておったのだよ」

「きさまは、キタイにいたんではないのか」

グインは云った。

「キタイ王が、しばし中原攻略の手をやすめ、レムスとアモンとに後事をたくしてキタイに戻ったのは、おのれとリー・リン・レンとがキタイをきゃつから取り戻すために内乱をおこしたゆえであったはず――そのリー・リン・レンをおいて、またしてもここに出張ってきたのは、どういうわけだ」

「リー・リン・レンはわしじゃなく、望星教団と手をくんで頑張っておるよ」

グラチウスは認めた。

「あの子は、なかなかに偉物じゃな！　誰にも出来ないことを着々となしとげつつある。もう、よほどのことがなくば、キタイの竜めも、あの子を暗殺することはできまいよ。いまや、望星教団の教主ヤン・ゲラールがこの上もなくリー・リン・レンをかっておるし、望星教団がうしろだてになっているとあっては、いかなヤンダルも——その上、いまやリー・リン・レンは、ヤンダルの残虐に苦しめられたキタイの人民の期待と希望を一身に集めている。万一にも、リー・リン・レンが殺されたり、ヤンダルの手におちるようなことがおこれば、そのときこそ、キタイ一千万の国民すべてが怒りの武器をとって蜂起し、竜王の宮廷におしよせるだろう。おのれの子を、娘を、家族をかえせと叫びつつな。——あの広大なキタイで、すべての民に蜂起されたら、それはいかに強大な竜騎兵をひきいたヤンダルといえど、竜騎兵の数には限りがある、しかも土地神たちもすべてそむくであろうし、そりゃ、かなうわけがない。——まだ、リー・リン・レンは、キタイをひっくりかえすところまでは力がないが、あと一年たてば、たぶんそれも可能になるだろうよ。……いまのところ、ヤンダルはなんとかして、ヤン・ゲラールとの会談にこぎつけて、望星教団とリー・リン・レンとの結束を壊そうとするのに必死になっている。だが、それに成功してはおらぬ。——というわけで、まだ当分、キタイは安全よ。ヤンダルもまだ、しばらくは中原には戻ってこられまい。なにせ、かの新都シーアンが、次のヤン・ゲラールとリー・リン・レンの目標として浮かび上がってきているのでな。——シーアンはあまりに多くの犠牲者をほふりすぎた。シーアン建設のために拉致された女たち、妊婦たちの家族とその知人友人たちが手をくんで、シーアンの秘密をあかせ、自分たちの女をかえせとシーアンに迫ろうとしている。——ところが、シーアンはまだ完成しておらん。シーアンが完成するためには、パロの古代機械が必要だったからな。――だが、パロの古代機械を手にいれたところで、建設途上のシーアンがうち壊されてしまったら何にもならん。というわけで、ヤンダルはまったく、いまキタイの内乱をおさめるのに苦慮して手一杯なのさ」

「………」

「だから、わしが、こうしてちょこっと中原に出張してくるくらいは、何でありましょうということだよ。……それで、ようやくわしも旧友に会えるというわけだ」

「よく喋るじじいだ」

というのが、グインの返答だった。

「その首なしの淫魔めと結局のところきさまも同根だというわけだな。ともかく、何があろうと、俺はきさまの口車には乗らん。さあ、消え失せろ。俺は忙しい」

「これはしたり」

さきほどのヴァレリウスとまったく同じいいかたで、からかうようにグラチウスがいった。

「なんと、ものわかりのわるいやつだ！――だから、わしが、その忙しいのの手伝いをしてやりに、わざわざはるばる、《暗黒魔道師連合》をおいてキタイから中原へ戻ってきた、といってるのじゃないかね！　わしの力なしで、そのへんの木っ端魔道師なんか何万人かきあつめたところで、クリスタルの魔道戦線を突破することなんか出来るもんじゃないよ！　そいつらが、いったい魔道について何を知ってるというんだ。きゃつらは、ただの、使用人だよ、魔道を使う下男みたいなものさ！　きゃつらは魔道のなんたるかも知らん。まして黒魔道の真髄など、何ひとつ知ってはおらん。のう、豹頭王よ、べつだん、わしは、おぬしに、『グラチウス、お前に従おう』だの、『俺はお前のものだ、グラチウス』だのと、云ってほしいなんぞと、ひとことだっていってはおらんのだよ？　そうではなくて、わしはただ、このクリスタル攻防だけは、わしの力が必要だろう？　そう思って、いかなおぬしでもわしが必要になるだろうと思ったから、いそいそと中原に戻ってきて、愛するおぬしがわしを必要だというてくれるのを待って、こうしてやってきた、それだけにすぎんのだよ」

「ふざけるな」

グインは獰猛な声を出した。

ヴァレリウスは、ちょっとグインを横目でみた。――その灰色の目が、ふと、ふしぎな光をたたえてきらめいた。グインはすましていた。

「きさまのいうことなど、ひとことでも信じられるか。……きさまはこれまでずっと、そういって俺を騙そう、だまそうとしてきたのだからな」

「そんなことはないよ！」

グラチウスは不平の声をあげた。

「わしはいつだって、そりゃあ、おぬしによくしてやってきたじゃあないか？　わしが、おぬしに悪さをしようとした、という証拠がいったいどこにある。わしはおぬしと知り合ってこのかた、ずっとかわらず、もっとも忠実なおぬしの味方だったじゃあないかね！」

「どの口でそのようなことをいえるのか、ちょっと見てやりたいものだな」

グインはおおいに笑った。そして、いきなりずかずかと大股で、宙に浮かんでいるグラチウスの首のほうに向かっていった。グラチウスは悲鳴をあげた。

「おい、ちょっと待て。何だ、何をするつもりだ。わしは何もおぬしに悪いことなどしようと思ってなどおらぬよ。本当に、わしはただ、純粋なおぬしへの好意から、クリスタル攻めを手伝ってやりたいと思うただけだよ。おい、なんだ、その……そんな怖い顔をして、怖い《気》などほとばしらせて……どうしようというのだ」

これは、面白い——

思わずも、ヴァレリウスは、考えずにはいられなかった。

〈驚いたな。……このところでまた、グインは、かつてはなかったはずの大きな力を身につけた、ということなのだろうか……グラチウスが気圧されている。あきらかに、グインが意図的にほとばしらせたエネルギーに、〈闇の司祭〉ともあろうものが、怯えて

──というのが言い過ぎなら、ひるんでいるのだ。……かつては、そこまではいくら豹頭王といえども持ってはいなかった。いまは──確かに、この俺にも、ほとばしる豹頭王のすさまじい《気》のオーラが見える。……だがそれはさっきまではどこにも感じさせてはいなかった。つまり……彼は、このような《気》を自由自在にあやつり、感じさせるすべを、このところのいつのまにかで、身につけていたのだ)

「グラチウス」

グインの声がするどくなっていた。グラチウスの頭は、空中で、ぱちくりと目をまたたいた。

「云え。きさまの、このたびのまことのたくらみは、何だ」

「だから、何もたくらみなどありゃせんよ！　まったく！」

グラチウスはわめいた。それでも、誰ひとりとしてやってくる気配はない。やはり〈闇の司祭〉の結界はきわめて強力なのだろう。

「人聞きのわるい……それに、いまは、わしにとっては最大の問題は、クリスタル・パレスに平和がもどり、パロが平定され、そしておぬしがケイロニアに戻ってくれることだよ。……いや、べつだん、おぬしはどこにいたっていいのだが、ただ、パロがこのように揺れていては、なかなかに、わしも安心してキタイにかかりきりにもなっておられぬ。わしとしては、また、あの不愉快なアモンの餓鬼などに、中原ででかい顔もされたくない。だが、たぶん、その木っ端魔道師をはじめとする白魔道師の阿呆どもだけでは、どうにもならぬよ。《ドールに追われる男》イェライシャでもいればまだしもだが――だがイェライシャだって所詮はわしにとらわれて長年地下に埋められていたようななさけない魔道師にすぎぬからな！　うむ、わしは、アモンが恐しいのだ」

ちらり――と――

グインのトパーズ色の目がするどい輝きをたたえて、ヴァレリウスを見た。

ヴァレリウスも思わずグインを見返した。これが、まぎれもない、グラチウスの本当の本音であろう、ということが、瞬時に、二人ともに察せられたのだ。

「そうとも、なさけないというならばいうがいい。あやつは……あのくそ餓鬼は、これまで見たこともないような不気味な生物だ。あやつはあのままにしておいたら、クリスタル・パレスの生きた人間を一人残らず食ってしまう。……そうしたら、あのクリスタル・パレスを埋め尽くしている宮廷びと数千人のひとりのこらずが、実はアモンが作り上げた人形、まやかし、というような、おそるべき魔の宮が出現するのだよ！　そうしたらどういうことになるか――アモンはたぶん放っておけばおくほど強大になってゆきそうな気がする。叩くならいまのうち――いまならアモンは弱っている。だが、おぬしらは何をこんなところでぐずぐずしているのだ？　あやつは、ものの数日もすれば、また木っ端の白魔道師共など、片手であしらえるくらいの力を取り戻してしまうぞ。早く、クリスタル・パレスへ攻め込んで、アモンをほろぼしてくれ――そのためなら、わしはなんでも手伝うといっとるのじゃ！　わしより強い黒魔道師など、中原に存在してはならんのだ！」

第四話　肉　迫

1

「ほう……」

　グインは、面白そうに、なにげなく云った。

「それはまたなかなかに信じがたい話だな、グラチウス。——お前は日頃、おのれには何ひとつおそれるものなどありはせぬし、おのれよりも力のある黒魔道師など、中原はおろかこの世界のすべてにまったく存在するわけもない、と大口を叩いていたと思ったがな。お前のような自信家がそのように恐れるほど、それほどにアモン王子の魔道の力は大きいのか」

「大きい……というよりも……」

　グラチウスはしわぶかい口を不平そうにとがらせた。

「異質だ、というたほうがよかろうな。なに、それは、同じ闘技場の上で同じ規則で戦車競争を戦うのなら、誰ひとりこのわし、〈闇の司祭〉に匹敵するものなど、黒白とわずあろうわけもないわい。たとえこの世の三大魔道師といえどもな。なに、《大導師》アグリッパはもはやあまりに年老いてうつつの出来事への関心をすべて失い、《北の賢者》ロカンドラスはすでに入寂してこの世にない。そんなことは、そうなるであろうとは聡明なわしにはむろんはじめから承知の上であった。そうなれば、もはやこの世のただひとりの最大の黒魔道師はこの〈闇の司祭〉であるとな。そのときこそわしはドール教団をひきいてこの中原に君臨し、黒魔道のひそやかな王国をこの世のうつつの王国の地下の闇のなかに築き上げてやるつもりだったのだ。だのに、そこにかのキタイのあやしき大魔道師ヤンダル・ゾッグがあらわれ……このような奇怪な存在を放置しておいてはいずれゆゆしきことになろうと、わしだけは、なみいる阿呆の黒魔道師、白魔道師どものなかでただ一人予見した。それがゆえに、わしは気高くも我が身を投げ出してヤンダルの野望をくじくべく、キタイに《暗黒魔道師連合》を作り上げるにいたったのだが……」

「お前は、時間がないといったばかりではないか」

からかうように、グインはいった。

「お前のその自慢口をきいていると、それだけでもう気づいたら、ボッカのひと勝負を見ているだけのつもりでいつのまにか、カナン帝国の滅亡を迎えてしまっていたあの

《カナリウムの青年》のように、すべては終わってしまっている、手遅れとなっている、ということにもなりかねないようだな」

「何をいう、何をいう！」

グラチウスは憤慨して空中で首から上しかない頭をふり、髪の毛をふりまわした。といっても、ねばつく白髪はあまりゆたかではなく、それほどばさばさとはゆかなかったのだが。

「ちょっとは、年長者への敬意というものを知らんのか、おぬしは！　まったく傲岸無礼な豹めだ。しかもわしの権威を疑うようなことばかりいうし——なにも、相手がただの黒魔道師であれば、わしにかなうものなど、一人としてこの中原にいるわけもないわさ。だが相手はただの黒魔道師ではない。キタイの黒魔道は、中原でいうところの黒魔道とは明らかに系統が違うのだ。同じような術もたくさんあるようだが、そのおおもとのよってきたる原理のようなものが、あきらかにいわゆるドールの黒魔道とは違う。ドール教団とヤンダルの黒魔道とではまるきり、それこそヤヌス教団とミロク教徒が相容れぬように、何から何まで違っておるとしかわしには思えんぞ」

「どこがどう違う。いや、違っていてもよいが、俺が知りたいのは、お前がアモンのような、生まれてからまだ数ヵ月にしかならぬ赤児を相手にそのように大騒ぎする理由だな。この世の闇を統べると大言壮語する、〈闇の司祭〉ともあろうものがな」

思わずヴァレリウスはそっとグインをみた。その灰色の目が、(食えないお方だ——!)とひそかにつぶやいていた。

だがグラチウスのほうは、ヴァレリウスよりもこの点——おのれの魔力については、純真であるようだった。

「そうと認めるのはわしとてもくやしいわ」

グラチウスの首は不服そうにいった。

「まさにきゃつはこの世に生まれてから、数ヵ月にしかなっておらぬ。それはまさにそのとおりだからな。だが、どうも——あやつは、見てのとおりの——この世に生を享けて、それから順当にこの世の時間の流れに従って成長してゆき、成人してゆく、という——そういう生物ではないようだ」

「と、いうと」

「彼奴は……あの見てのとおりのすがたかたちではなく——あの、ひととしてのすがた格好は、あれはただ単にこの世界において、おのれをまだしも受け入れられやすくするために、便宜上作り上げたいつわりのすがたにすぎぬのだとわしは思っている」

グラチウスは考え深そうに云った。そうして真面目なおももちになると、さすがに、八百年の長きにわたって生きて来、ドール教団の教祖、《暗黒魔道師連合》の主として闇に君臨してきた世界最大の黒魔道師の貫禄と本当のすごみのようなものが顔にあらわれた。

「ほう……」

「彼奴は、おそらくは、本体はまったくすがたかたちなどない、ある《気》の集まり、集合体、それ自体にしかすぎんのだとわしは思っている。……そしてまた、本来、あれは、この世界の生き物ではない……」

「それは、キタイ王にしたところでそうだろう」

「いや、キタイ王は、確かにもともとはこの世界ではない、あの竜頭の生物たちが支配している星からやってきた異星生物の末裔だとおもうが、それにしても、かの星船の遭難によってたまたまこの世界の住人となり、そしてこの世界に適応するためにいろいろと進化や変化をとげて、いまではなかばはこの世界の存在、そしてなかばはもときた異世界の血を残している、ということだろうとわしは理解しておるよ。だが、アモンは違う。アモンは、キタイ王が魔道によって呼び覚ました、また別の世界の生物ではないかとわしは疑っている」

「ほう。だがキタイ王はアモンをおのれの血筋、というようにレムスにいったようだぞ」

「それは、そういっておくのがもっとも地上の人間には理解させやすかろうからな。我我魔道師でさえ理解するのが困難なようなこのような話、地上の人間にわからせるには、そう云うてしまうのがもっとも簡単だろう。だが、キタイ王はその本性は竜頭人身の種族であり、そしてその魔道はおそらく、その種族というものが、われわれ人間のように個人個人にわかれておらず、すべての構成員が同時にひとつの力に融合され統合されることによってとてつもない大きさになるようなものなのだろうとわしは思っているが、アモンのほうはどうみても、本性が竜頭なわけでもなければ、むろん豹頭なわけでもない……いや、冗談だよ」

グラチウスはこのようなさいでも、ちろりとずるそうに笑いながらグインのほうをぬすみ見るのを忘れなかった。

「おけ、グラチウス」

「冗談だというておろうに。……わしは、アモンには、本来の意味での《肉体》というものは、われわれ人間のような意味では存在しておらぬのだろうと思っているのだよ。だからこそ、きゃつは、その入れ物として、生きた人間をくらい、その肉を使っておのれの望んだとおりのからだを作り上げる……そのさいにそのあいての知識をも、脳をくらうことによって吸い上げてしまう。なかなかに、これまでに見たこともないほどおそるべき怪物ではある。そうは思わぬか、グイン」

「それはそのとおりだろう。だが、いまはお前の話をきこう。続けるがいい」

「相変わらず、横柄なやつだな。——そう、だから、アモンが黒魔道を使うというのも、われわれ肉体の限界に縛られ、たえずその肉体の桎梏をゆるめるためにたたかっている人間の魔道師たちとはまったく意味が違うと思うのだよ。われわれは物質界にありながら、なんとか、精神的な力を物質界の法則に優先させようときびしい修業をかさねる。だがアモンにはもともと肉体がない。だから、かりそめに作り上げた肉体を失っても、また次の肉体を作ればよい。……このようなやつを、どのようにしてやっつければいいのだ？　もともとがきゃつは《気》の存在なのだ、《気》だけの生物なのだとわしは思っている。そして、それがかりそめの肉体を得たり、あるいは、その強大な魔道力でもって、おのれが見せたいと思うようなすがたに、見るものを信じさせたりする。肉体の限界がないということは、すべてが精神の力だけで出来上がっているということだよ。これは強敵だ——同じ黒魔道といっても、ヤンダルのほうがはるかにくみしやすい。アモンには、ヤンダルにそれでもあるような肉体という弱点がないのだからな。たとえば早い話、アモンを飢え死にさせたり、あるいはとらえて鎖につないだり、ということがわれわれには、出来ぬわけだよ。むろん魔道をもってして精神的に鎖につなぐことは出来るのだろうが、そのためにはアモンよりもさらに強大なエネルギーを持っておらねばならぬし、しかもそれをずっと維持できなくてはならん。だがこちらには肉体がある。精神の力を維持するにも、まず、肉体のあるほうは、肉体の要求にこたえねばならぬ。わしほどに、《人間であること》を超越した超絶的な魔道師であってさえ、何日かに一回は、魔道食や飲み物を口にせねばならぬし、睡眠もとらぬわけにはゆかぬ。そうした補給をするさいには、精神の力も弱まる。だが精神だけの生物は、『もともとあるかたち』に限定されておらぬがゆえに自由であり、逆に、他のものの精神や肉体をくらうことでいっそう強大になったり、おもいのままのすがたをとったりできるということになる。それだけでも、アモンというやつは、これまでにあらわれてきたことのない——少なくとも中原の歴史、わしが生きてきたこの長い長い人生のあいだの歴史のなかでは、ひとたびも遭遇したことのないような種類の化物だといわねばならんよ」

「だが、たとえ《気》だけの生物であるといったところで、生物には違いはないのだろう」

ずばりとグインが切り込んだ。

「そうであるからには、死にもすれば、弱りもするはずだ。ただ、そのしかたが人間とあまりにも違うというだけのことだろう。だったら、なんとかうまい方法を見つければ、やっつけることだって出来るはずだ」

「それは、むろん」

グラチウスは考えこみながら、

「だからこそ逆に、『いま』すぐにクリスタルを襲えばなんとかなるかもしれぬ、と思うのだよ！　アモンは、いまはいたでを受けている。たぶん、いったんまやかしの肉体を作り上げて、そのなかにはいりこんでからその肉体をおぬしにほろぼされたので、それはかなり当人にとっても打撃であるのに違いない。それも、形成途中だったから出来たことなのだろうとわしは思うが。もしも、最終的にきゃつの《人間形》が完成してしまえば――きっと、なかなかに手ごわい相手になることとわしは思うのだがね！」

「だがまた、その、《人間形》とやらをとらざるを得ないところが、きゃつの最大の弱点だぞ。グラチウス」

するどく、グインがいった。

ヴァレリウスまでも、はっとしてグインをみたし、グラチウスは、大きく目を見開いた。

「なんといった」

「もしも、そのままのすがたでいられるのなら確かにアモンが史上最強の魔道生物ということになるのかもしれぬさ。だが、きゃつは、あのようにして、退却してまで、ともかくも《ひとの子》のすがたを作り上げ、維持せねばならぬ。なぜか。――それは、この世界では、ひとの子のすがたをしておらぬ、《気》だけの生物などというものは、それこそ、人間とは誰も認めぬからだ。――だから、そういう生物であれば、誰ひとり、アモンの王位など認めまいし、パロ宮廷のものたちを魔道にかけて精神をあやつってであってさえ、『パロ王アモン』などというかたちをこしらえることはできまい。だが、いかなアモンの力が強大といえども、全世界を魔道にかけてあやつることは不可能なのだろう。だからこそ、きゃつは、人間のすがたをとり、クリスタルのものたち——いや、宮廷のものたちだけでも精神をあやつって、とにかくもこれまでどおりの、パロ聖王家の王がパロをおさめている、というかたちをこしらえあげてでなくては、パロを手にいれることができぬのだ。……まあ、アモンのような存在があと数万もいれば——いや、数万ではきかぬかな、数十万もいるのだったら、それは、全中原はおろか、全世界の人間の精神をあやつり、かれらを思いのままにすることも可能だろうし、そうなれば、なにもそんなふうに、おのれをまことの人間であるかのように見せかけるような小細工はしなくてもすむようになるのだろうが、逆に、そうなってしまえば、もう、この世界はこの世界ではなくなってしまう。——いや、グラチウス、ひるむことはない。まだ充分に我々には勝機があるぞ。きゃつは、パロ王を名乗るためにはどうあってもひとの子のすがたをしておらねばならぬ。そして、ひとの子のすがたをとらねばならぬ、ということは、すなわち、きゃつが、その本来の——《気》だけの生物である、という有利をあえて捨て、我々と同じ肉体をもつ、つまり肉体という弱点をもつ生物存在に化けおおせねばならぬ、ということなのだからな」

「わしゃ、ひるんでなんぞおらんわい」

グラチウスは不平そうにいった。だが、グインのことばそのものには、おおいに興味をそそられていた。

「ふむ、そうだな！　まさにおぬしのいうとおりだ。しかもいま、アモンは、そのせっかく作り上げかけたにせの肉体をおぬしに壊されて退却している――どうやら、ただ肉体を作り直すというだけでなく、ようすをみると、当人そのものも多少のいたでも受けているらしい……」

「スナフキンの魔剣はおそらく、きゃつがどうごまかそうとしていても、確実にきゃつのその《気》の生物であるもとの部分にも傷をつけるくらいは可能だったはずだ」

グインは断言した。

「そうでなくば、肉体を壊されただけではきゃつは退却せず、そのままその場で肉体を修復するか、あるいはそのまま当面俺との対決を続けるかしただろう。だが、そのからだはそのまま消滅してしまい、あるいは、きゃつはいそいで逃げていった。――これは俺のまったくの仮説にすぎぬが、あるいは、そうした肉体を作り上げると、あまり長いことそれを失ったままでいると、きゃつの本体そのものが、危険にさらされるのかもしれぬ。――というようなことがもしも弱点としてあるのだったら、きゃつがたとえ、いかに強大な魔道師であろうとも、きゃつとても無敵ではない。なんとかして、斃すことはできるだろう」

「おぬしならば、たとえドールその人をでもなんとかして倒してしまうのだろうよ！

驚いたことだ。何より驚くべきは、その思いつきではなくて、おぬしのその不屈の闘志というものだ」

グラチウスは心ならずも、というようすで賛辞を呈した。それから、熱心にいった。

「おぬしがそのように考えるのなら、わしもいうが、アモンの持っている最大の魔道の力というのは、あきらかに、《精神》に対するものだよ。肉体にたいして直接に害を及ぼすについては、それほどおそるるに足らぬ。いや、当然、かなりの力をもっているとは思うが、それよりも、わしの見たところでは、きゃつの一番怖いのは、《気》の生物であるだけのことはあって、あいての精神に入り込み、あやつる——すなわちあの《夢の回廊》の術のようなものだ。あの術ならわしも研究したから充分にあやつれるし、あやつってみせたこともあると思うが、ただ、あんな大人数にいっぺんに、あれだけ強力に——たとえ白蓮の没薬の助けがあってもだな、ほどこすのは、あれはなかなかわしも驚いたよ。あんなに大規模で深い《夢の回廊》の術を使う術者は、わしは見たことがない。ふつう、どれほど力のある魔道師でも、ああしてひとの精神をあやつるさいには、もっとも力があっても百人台くらいが限度だろう。そうでないと、人間というものはやはり本能的に、あやつられまい、おのれの自我の自由を守ろうとする力がはたらくから、そのひとりひとりからの反抗し、反発してくる力があつまって、術の集中を著しくさまたげてしまう。——それが、二万人近い大人数だからな！　しかも、よく鍛えられた—

——まあ、よう鍛えられた軍勢などというものは、その分、命令を聞き慣れて単純である、とは言えなくはないかもしれんがな」

「ということは、アモンのもっとも得手とするところは、あの《夢の回廊》の術だ、ということか」

「あの術、というよりは、あのような種類の術、ということだな。催眠術、後催眠、《夢の回廊》、ほかにもいろいろとひとの心をあやつり、見せようと思ったとおりのものをみせたり、いわれてもおらぬことを云われたと信じて逆上させたりする術はあるが——それと、キタイ王が得意とするあのゾンビーをあやつるような、物質的な、念動力を主とする魔道はかなり性格が違う。といって、アモンがそういう、念動力系の術をまったく使わないとは言い切れないが」

「ああ」

グインはうめくようにいった。

「俺は、きゃつが、むざんにも、魔道で首から下を犬のかたちにかえてしまった男を、空中につりあげて、それからゆっくりと落下させて墜落死させるのをみた。だから、きゃつが念動力を使える、ということは間違いない」

「だが、精神をあやつるときには二万人をおさえこめても、念動力で二万人をつりあげる、ということはどれほど力ある魔道師にも無理さ。それはわしでも、ヤンダルでも、どんな地上の知られるかぎりの高名な魔道師でもな」

グラチウスは断言した。

「魔道の力にもそれなりの限界、極限というものはあるのだ。まあだが、ということはアモンも多少の念動力は当然のことながら使える、ということだな」

「レムスについてはどうなのだ？　レムスはキタイ王によって魔道の使い方を多少教えられているようだが」

「あれは、問題外だよ」

あっさりとグラチウスはいった。

「あれはただの、留守番の子供が、火のついたたいまつをもたされて、それのふりまわしかたを多少教わったようなものだ。へたにふりまわしすぎればかえっておのれが大惨事をまねくことになってしまうし、もしも火が消えてしまえば子供にはまったくもう一度火をつけようはなくなる。あれはおそるるに足らぬさ、もともとが、何の魔道の訓練も受けておらぬのだからな。――もしかしたら、ヤンダルが国に帰ってからは、レムスがしているようにみえた魔道のことはすべて、かげでアモンがあやつっていたかもしれん。そのくらいの力はアモンにはあるとわしは思う」

「いずれにせよ、アモンという化物は、異様な異次元の生物であるということは別にしても、〈闇の司祭〉グラチウスがおそれるほどの、精神をあやつる力は持った怪物である、ということだな」

ゆっくりとグインはいった。

「まあ、そういうことだ」

「なるほど、わかった。そして、そのアモンはいま弱っていて、いまならば倒せる——かもしれぬ。グラチウス、お前は、いまアモンをたおすためならば、何の見返りもなく、俺に力を貸せるといったな。そのことばに、偽りはないか」

「ないとも」

グラチウスは憮然としていった。

「途中から、おぬしのたくらみにくらい、とっくに気が付いておったよ。黒魔道師のわしにとってさえ、魔道師というものにとっては言霊はいのち、はっきりとことばにしてしまった誓約に背くことは、滅びをさえ意味するからな。……おぬしが、いっさいの、この機会にわしに乗じられる危険なく、わしを、そこの木っ端魔道師ではあやうい分の魔道の手助けに使ってやろうとたくらんでいることくらい、〈闇の司祭〉たるわしには——途中からではあったと認めざるを得ないがね——お見通しだよ。だが、やむを得まいさ。いまの場合は、おぬしを手にいれたり、中原で、おのれの目的のためにあれこれうごめいて暗躍しているような場合ではないからな。ここでおぬしの協力を得られなければ——パロという国が、どうなってしまうか知れたものではないし、そうなれば、いかに武力にすぐれたケイロニアといえど、もう二度と、魔道王国と化したパロに攻め込んで、首都を奪還する機会は訪れぬかもしれん。そうなれば、アモンは着々と地歩を固めるだろうし……それで、これ以上強大になられたら、わしとしても対抗できん。――が、また、わしも魔道師じゃから、現実の武力というものは持っておらぬからな。いいとも、誓約でもなんでもしてやろうではないか。アモンを退治て、クリスタルを解放するまで、わしは何もわるさせずに、ケイロニアの豹頭王グインのために、味方として〈闇の司祭〉の素晴らしい力をすべて使ってやることを誓うよ。これで満足だろうが？」

「決して、黒魔道師を信じるな、というのは、俺の最初にお前らと出会って学んだ教訓だが」

というのがグインのいらえであった。

「だから、信じたわけではなく――誓約とても、黒魔道師であるからには、その気になれば破れるだろうからな。それに、ヴァレリウスたち白魔道師は、何があろうと黒魔道師と結束してたたかうなどとんでもないと思うだろう。だが、とにかく俺はどうあっても最短時間内でクリスタル・パレスを攻撃し、アモンをうちまかし、レムスとアドリアンたちを解放してやらねばならん。――俺のほうもあまり時間はない。アモンのやつは、おのれの新しい肉体のために、アドリアンだのレムスだの、こともあろうにリンダまでもとらえてくらってやろうか、というようなことを俺に云ったからな。このまま放置しておいてきゃつに力を与えれば与えるほど、中原には、いまだかつてなかったおそるべき人食いの化物がはなたれることになる。――その意味では、我々の利害はアモンに関するかぎり一致している。そうだろう」

「まさしく、まさしく！　いや、わしにとっては、べつだん、アモンに関するかぎりでなくても、おぬしとの利害はいつでも一致しているし、一致したい、と思っているのだがな」

にんまりとグラチウスが笑った。ヴァレリウスはちょっと心配そうに、そっとグインの腕に手をかけ、注意をひこうとしたが、グインは、ちらりとヴァレリウスを見て、首をふった。

「案ずるな、ヴァレリウス。おぬしのいいたいこともわかっている。だが、クリスタル・パレス攻防にあたっては、どれだけの魔道の力を持っているかが勝負のわかれめになりそうだ。俺は、今回にかぎり、このひょうきん者のじじいの利にさといのを信じてやることにするつもりだ」

「陛下が、そのようにおおせあるからには――陛下はまことに慎重、かつ、つねにお心のなかに先に見通しのおありになるおかたでございますから……」

ヴァレリウスは低くいった。

「ただ、ご注意なさいますよう。——黒魔道師の誠実、というのは、『ドールの九本目の尻尾』だの、『カリンクトゥムの果てのもうひとつの暗黒』だのといわれるほどに、ありうべからざるものだとされておりますから。——いまさら、申し上げるまでもございませんが……」

「わかっている」

グインのいらえは簡潔であった。

「俺はただ、とにかく、今日じゅうにクリスタルに入るつもりなのだ。そのためには、せっかく白魔道師軍団をこのように揃えてくれたが、それだけではいささか心もとない。黒魔道を制するには黒魔道があったほうがのぞましい——もしかして、この考えが誤っていたとしたら、俺は手痛いしっぺ返しをうけることになるだろうが、なに、それは、そのときのことさ。とにかく、やってみるだけの価値はある」

2

と、いうわけで――

ヴァレリウスのいささかの危惧は残しつつも、グラチウスはいさんで、同盟の約束をくりかえしつつ、ユリウスのからだを回収して、そこから消え失せたのであった。

グラチウスが消えたとたんに、嘘のようにあたりのざわめきが戻ってきた。まるで、とざされていた室をあけはなって、そこに一気に外の物音が流れこんできた、とでもいうかのようであった。事実、それに近いものであったには違いない。

ふしぎなのは――というか、結界というものの性質を考えれば当然のことであったが、ケイロニア軍の――特にガウスをはじめグインの側近、近習たちの誰ひとりとして、いまの、小半刻ばかりのグインとヴァレリウスの不在に対して疑問の念を持っておらぬことであった。かれらは、いずれも、グインとヴァレリウスが二人だけでの重大な密談があるからと人払いされて、そのあいだあたりの警戒という重大な任務にあたっていただけだと頭から信じ込んでいた。むろん、グラチウスがかれらの頭にそのような考えを吹き込んだのである。

「魔道について知れば知るほど、本当におのれの考えというものが、つねに一から十までおのれの頭のなかから出たものなのかどうか、あやうい心もとない気分がしてくるな」

それを知って、いくぶんあきれたようにグインはもらした。

「うつつとは何なのか、まやかしとは何なのか——そうしたことを、よほどよく考え詰めぬと、なんだか、足もとから砂が崩れたつように、おのれの立っている足場を崩されていってしまいそうだ」

「陛下は、もともと、その足場を持っておられますから」

ヴァレリウスはひっそりと云った。

「それだけでも、他のものたちよりはずいぶんと、まやかしの魔道に対しては強力でおられますよ。——他の、普通の弱い人間どもというものは、魔道に対して何のそなえも持ちませぬ。われわれ魔道師から見ますと、通常の、いま陛下がおおせられたようなことを考えたことさえないような普通の人間というものほど、もろく、あやうく、おのれが立っている足場さえも持たぬことも知っておらぬものはないのです」

「クリスタル・パレスのなかも、さぞかし、そうした者どもがあっさりとキタイ王やアモンの魔道にあやつられてたやすく異世界を作り出すことになってしまったのだろうな」

グインはおのれの軍に出発準備の命令を出し、いっせいに兵士たちがざわめきたつあいだ、天幕が畳まれはじめたので外に床几をすえさせて待ちながら感慨深そうにいった。

「いったい、どのような場所になっていることか。――俺が見たあのときには、世にもあやしい、さまざまな獣や鳥の頭にされてしまった貴族たち、貴婦人たちがうごめきまわり、いつわりの饗宴が行われる奇怪な魔宮であったが、あれからさらに、アモンの登場あり、大軍の進発あり――クリスタル・パレスがいまやどのような荒廃をきたしているか、これればかりは、いって、その場に立って見ぬことにはとうていわからぬな」

「わたくしの思いは……魔道の都などといわれながら、なんとも、パロも、クリスタルの都も、もろいものであったなあ、というものでございました」

ヴァレリウスはそっと云った。

「魔道の都、といわれて、そこにすまうものたちは、おのれが魔道王国の住人であることを誇りにもし、魔道師たちにもそれなりに、他の国家の住人よりもはるかに親しみを持ってきたはずでございますが、こうなってみると、そのような程度では何の役にもたたなかったと――魔道師ギルドのものたちは、ナリスさまにつきしたがうことを決定し、クリスタルからいっせいに立ち退きましたので救われましたが、あのままもしもあの都に残っておりましたら、どのようになったことか――魔道師の塔そのものはまだ、クリスタル・パレスのなかにございますが、もう、大導師はじめ誰もおもだったものはそこにはおりませぬ。この争いにまきこまれることを避け、人々の思いもよらぬへんぴな場所にあらたな魔道師の塔――塔と申しましても、かつてのような本当の塔ではございませぬ、そう呼ばれているだけのちょっと高い建物にすぎませぬが――それをたて、そちらに一同引きこもって、この未曾有の事態をどう収拾したものか研究につとめております。――カロン大導師は、げんざいの白魔道師連合の力では、まったくこの事態に立ち向かえぬと判断して、私に全権をあずけ、キタイ王及びその手先との魔道による対決を全面的に回避いたしました。……いまの、魔道師ギルドは、有名無実のものとなりはてております。まだ使えるものは私がすべてこのたび組織して陛下のもとに同行いたしましたし……」

「そうか。パロ魔道師ギルドも、ひとびとの目にふれぬところで、大きな打撃をこうむっているということだな」

「壊滅的な打撃、と申し上げてもよろしゅうございましょう」

ヴァレリウスはつぶやくようにいった。

「パロ魔道師ギルドは、この事態に対して何の対処の方法も持ちませんでした。――それゆえ、私よりも、魔道師ギルド内部では上の序列にありました、ロルカ上級魔道師、ディラン上級魔道師らも、現在では完全に私の配下に入っております。カロン大導師から、そのように委任がございましたので。――クリスタル・パレスもさることながら、クリスタル市そのものがいったいどのようなありさまになっているのか――もう、クリスタル内部といっさいのまともな連絡がとれなくなってから、数ヵ月以上になっております。そのあいだ、クリスタルの内部がどうなっているかについては、さいごに確実に信頼できる情報としては、陛下がもたらされたものが最大だと思います。あとは――残念ながら、偵察に送り込んだ魔道師たちにせよ、はたして真実のクリスタルのさまを目のあたりにしてそれを報告してきたのか、それとも、クリスタルに入るなり、完全にあちらに――敵方にとりこまれて、その報告せよと命じたままをしか報告しておらぬか……そうではないまでも、敵方がかれらに『見せようとした』まぼろしをうつつと信じてそれを愚直に報告しているにすぎぬのか――どれも、断言ができませぬ。それゆえ、このしばらくはもう、魔道師たちの偵察、斥候もまったく信頼がおけぬようになってしまっておりますし」

「うむ……」

「どうなっているのでしょうね」

ふと、ヴァレリウスの口調がゆらいだ。

かたくよろい、とざし、凍り付かせていた心のなかで、何かいたたまれぬほど激しいものが彼のいてついた心を直撃したかのように、彼の声がふるえた。

「いったい、どうなってしまっているのでしょうか……由緒正しき王立学問所は、そこに残っていた、各国からの留学生たちや、優秀な秀才たちは……クリスタルの各区はいうまでもありませんが……アムブラは……どうなっているのだろう。クリスタル市中は……カリナエの小宮殿は……たいそう美しい宮殿でございましたが……」

「ヴァレリウス」

グインの声が、ふっと奇妙なひびきを帯びた。

どこがどう変わったというわけではなかったが、それでいて、何か、底に奇妙な、優しい、といっていいものをひそめたひびきになった。

「ヴァレリウス。……あまり、根を詰めるな。……何もかも、おのれの内だけにとじこめて、そのように堪えることはないのだぞ。……俺でよければ、いつなりと、おぬしの嘆きを受け止めてやるくらいのことはできる。ただ、話をして、おのれの悲しみを外に流れ出させるだけでも、ずいぶんと、楽になることもあるものだぞ」

「………」

ヴァレリウスは、ゆっくりとおもてをあげた。

そして、ふしぎなものでも見るようにグインを見つめた。その灰色の瞳には、何の表情も浮かんでいなかった。

「かたじけなきおことば――私などの素性いやしき者に、身にあまるおことばではございますが……」

ヴァレリウスの手が、そっとおのれのもう一方の手——大きな指輪をはめた手を覆った。

「そのように、ご案じ下さるには及びませぬ。ヴァレリウスは、それほど、辛いわけでも、何かを堪えているわけでもございませせぬゆえ。——御心配には及びませぬ」

「だが、一睡もしておらねば、何も食べてもおらぬように、俺の目には見えるがな」

「ちゃんと、魔道の食物をいただいてもおりますし、充分に休ませていただいております」

ヴァレリウスは頑固にいった。

「私としても……なるべく早く、このクリスタル攻防をすませて、あちらに戻らないと——と、それればかり、気になっておりますのですが……おお」

ふいに、思い出したように頭をもたげていう。

「ヨナは、いかがいたしておりますか」

「ヨナか。——彼は、クリスタルに入るまでは、してもらうこととてもない。一応、親衛隊のなかに、同行してきてもらってはいるが、そういえばこのところこのようなさわぎにとりまぎれて、顔もみておらんな。が、このいくつかの奇襲にまきこまれて怪我をしたりしていれば、報告がきていよう。特に何もないところをみると、息災であると思うが」

「さようでございますか」

ヴァレリウスはそっとまた、フードをかたむけて、そのやせたおもてを隠してしまった。

「ならば、よろしゅうございます。——さようでございますね。多少は魔道をたしなむとは申しますものの、彼は本来、王立学問所の俊秀学者、魔道の戦いにも、また、剣をとってのたたかいにも、お役にたつ場所はございませんね」

「古代機械に肉迫する場所までくれば、彼がおおいに助けてくれようがな。——会うか？　それとも、おぬしの魔道師団のなかに、彼の居場所を移してやるか。そのほうが、彼も話し相手なりできていいのではないか」

「お言葉ではございますが……」

ヴァレリウスはそっとかぶりをふった。

「申し訳ございませぬが……私は、いま、彼とは……特に、顔をあわせたくございませんので……彼もおそらく、そのような気持ではないかと——あ、いや」

心配させまいとするかのように付け加える。

「べつだん、感情的に行き違いがあるとか、そのようなことはまったくございませぬ。ただ……彼の顔をみると、いろいろと——その、いろいろなことを、思い出したり、考えてしまったりしそうで……彼のほうも、おそらくは、同じように思っているのではないかと……」

「俺を、いかにもがさつな豹めと思うてくれてもいいが、ヴァレリウス」

グインは優しく云った。

「なきひとのことを想う心根はわかる。それに、まだ、あまりにも――いくらも、時がたってはおらぬ――だが、いまはそうはとても思えずとも、ヤーンの恵みによって、時がいやせぬ悲しみもなく、時がぬぐいおおせぬ涙もないぞ。……お前もまだ若い。おのれの心を墓に埋めてしまわずとも、まだいくらでも星霜があろうと思うぞ」

「……………」

これには、ヴァレリウスは、フードのかげで、かすかに微笑んだだけだった。

「出発の準備、整いましてございます」

伝令が走って報告にやってくる。そろそろ、日は高くなりはじめている。ようやく、ケイロニア軍の兵士たちは、《夢の回廊》の術によってこうむった精神的な打撃から、回復しはじめているようで、おおむね顔つきもしゃんとしてきている。《夢の回廊》の魔道による攻撃で、傷をうけたり、激しい精神的ないたでを受けたりしたものは、運び出され、輸送部隊のあいだにまとめて馬車にのせられていた。運悪くその直撃をくらって自死してしまったものや、悪夢にうなされた朋輩に攻撃されてあえなくいのちをおとしたもののなきがらは、例によってゾンビーの術の材料とならぬよう、あつめて荼毘に付されている。そのうらさびしい煙が赤い街道の木々のあいだにあがってゆく。

「このへんは——寂しいところだな」

何かをふっきるように、グインはつぶやいた。それから、声を強めた。

「よろしい、準備の出来次第、進発！——目的はいよいよパロの首都クリスタル、今日中には、クリスタルになんとしても入城する、そのつもりでかぶとの緒を締め直してかかれ、ケイロニアの勇者たち！」

「マルーク・グイン！」

「マルーク・ケイロン！」

おのれらでも、なにやら狐につままれたような——というか、悪い夢のなかにひきこまれたようで気持悪くてしかたなかったらしい、ケイロニア兵たちがいっせいに、得たりとばかり怒号をほとばしらせる。大地をも天をもゆるがすような進発のときの声がおこる。

「マルーク・グイン！」

「マルーク・グイン！」

叫び声をとどろかせながら、かれらは次々と馬上の人となった。

馬のほうは、魔道の悪夢にも、没薬の影響もかかわりはないのだろう。何頭かの馬は、これまた不運にも、狂いだしたあるじに刺されて倒れたり、矢にあたったりしてたおれていたが、あとのものはただ単にたくさん休養をとっただけ、というようすで元気一杯である。馬上に、金犬騎士団、黒竜騎士団、そして《竜の歯部隊》の精鋭たちが次々とマントをひるがえし、よろいかぶとをきらめかせつつうちまたがると、元気にいななき、ひづめの音をひびかせながら動き出す。

「クリスタル!」

グインの、野太い声が響き渡った。

それを、ヴァレリウスは、フードのかげから、なんともいいようのない、胸いっぱいにひろがるなにかをかみしめるような遠い目で、出陣するケイロニア軍の勇姿を見やっていた。

「クリスタルへ!」

「クリスタル——クリスタル!」

いくたびも——

黒竜戦役のその以前にも、また黒竜戦役ののちにも、ありとあらゆる災厄、内戦、そして侵略戦争の業火にさらされてきた、その、《中原でもっとも美しい都》——

おのれの《パロへの愛国心》をこの上もなくたっとび、それゆえにこそ、はるかな謀反の道のりへさえ乗り出していったかれである。そして、謀反の魔道宰相となって、クリスタルをおわれ、苦しみと恐しい試練とをかさねつつ、南へ下り、またクリスタルに侵入し、とらわれ、脱出し——ありとあらゆる苦難をなめながら、ついにあのヤーナのひっそりとした村までの道のりをかけとおした。

そして、いま、赤い街道を、おびただしいひづめの音をうちならしながら、ケイロニア一万八千の精鋭が、勇躍クリスタル奪還の業につこうとしている。

「クリスタルへ——！」

ひとつの部隊がグインの本陣の前を通り過ぎてゆくたびに、その部隊の騎士たち、歩兵たちがさっと手をあげ、国王であり総指揮官である豹頭の大元帥への敬意を心をこめて表してゆく。そのたびに、「マルーク・グイン！」の声があたりをどよもす。

ここから、クリスタルまではほど遠からぬ距離——この叫びも、大地をゆるがす進軍の足音も、確かにもう、クリスタルには届いているはず——少なくともほんのちょっと斥候をとばしさえすれば、確実に知られているはず、と思わせる。

「ヴァレリウスさま」

ついと、黒づくめの不吉なガーガーのような下級魔道師のすがたがあらわれて、ヴァレリウスの望郷の思いをさえぎった。

「お指図を。……われら魔道師部隊は、ケイロニア軍に対し、どのように追随したらよろしゅうございますか。もう、ケイロニア軍兵士に対して《夢の回廊》の後始末をしていたものたちもすべて帰投し、ヴァレリウスさまのご命令をお待ちしております」

「わかった。——とりあえず、全員、行軍の邪魔にならぬよう、街道わきの森のなかに集結する。それから、人数わけを伝達するので、そのまま、グイン陛下のおそばづきに入る者、伝令班、斥候班、そして遊撃隊と四班にわけて活動に入る」

「かしこまりました」

下級魔道師が消え失せる。ヴァレリウスはゆっくりと身をおこした。

（ナリスさま……もうじき、クリスタルに入りますよ……）

そっと、ゾルーガの指輪を握り締め、いまはなきあるじに胸のうちで報告する。

（そこでどのようなおぞましい魔都が待ち受けているのかわかりませんが……及ばずながら、グイン陛下をお助けして、このヴァレリウス、クリスタル奪還のために、いのちをかけて……）

（運が——よほど運がよければ、このクリスタル攻防で、死ねるかもしれませんしね……）

ひらり、とヴァレリウスの黒衣のからだが宙に舞った。次の瞬間にはもう彼のすがたはその場にはなかった。

あとから、あとから赤い街道を流れすぎてゆく、おびただしい人馬の群れが、ようやく流れ出すことをゆるされた川のように、ほとばしるように闘気をたちのぼらせて進んでゆく。どこまでいってても人馬のつきるときはないかのようにさえ思われる大軍だ。そのまんなかにこんどは、巨大な荷馬車をひく馬たち、それをあやつる輸送部隊の兵士たちがあらわれ、それから、負傷者たちをのせた箱馬車がいくつかあらわれる。そして、そのあとに、また、こんどはかぶとのいただきに金色の犬の頭がのっているので、遠くからみるとグインの豹頭と同じような犬頭人身の種族かとも見えなくもない、皮のマントと白に金色のよろいをつけた金犬騎士団の隊列がはじまる。

それは、かたわらであおぎ見ているものがいれば、首が疲れてしまいそうなほどの、長く続く行軍の列だった。いまからは、様子の急変をいぶかしんでいそぎかけつけたワルスタット侯ディモスの軍勢の半分も、いまからまた指示された動きに戻るまでもなかろう、というグインの判断により合流しているので、さらにそのあとに、ワルスタット騎士団がしんがりをつとめて続いている。

（クリスタルへ――！）

ここは、クリスタルへはほんの三十モータッドばかりの、もはや郊外といっていいあたり――クリスタルは、街道を北東にとってものの四ザンもあれば到着できる場所にある。

いよいよ、クリスタル攻防が近いのだ――その思いが、いったんこの街道筋で妙な魔道のためにさんざんに足止めをくらったケイロニアの勇士たちを、ひときわふるいたたせている。

もう、道はどんどんイーラ湖からははなれてゆき、いったん、まったくイーラ湖の青も見えぬ森林地帯のなかに入る。それをぬければ、もう、クリスタル南西部郊外の、おだやかな田園地帯がひろがりはじめるはずだ。次に森が切れれば、そこはもうクリスタル郊外である。

（クリスタルへ――クリスタルへ！）

地響きをたて、土煙をまきあげて、ケイロニア軍は進撃してゆく。このあたりの森なかは、クリスタル郊外にごく近いとはいえ、一瞬、ひっそりとさびれていて、家々のすがたもない。それは、むしろ、まっすぐ南へくだるアライン街道の側に集中しているのだ。

夜にならぬうちにクリスタルの見えるところに着こう――その一心で、もう休みをとることもなく、ケイロニア軍は驀進してゆく。

その、上のほうに、黒い、下から見上げたらガーガーの大軍のように見える奇妙なものが飛んで、この進軍に追随していた。ヴァレリウスのひきいる、パロ魔道師部隊の百人弱である。それはだが、かなり上空にいる上に、共通の結界が張られているので、下から見ても、普通の人間の目では、ただ、まことにガーガーの大軍が空を東のほうへ飛んでゆく、というようにしか見えない。魔道の心得のあるものが見れば、めったに見ない、百人にものぼる魔道師の集団がいっせいに空中を浮揚してかなりの速度で移動してゆく、異様な光景が見られるだろう。

(――クリスタルが見えてきたら、下降し、陛下の周辺に御守護の結界を張れ!)

ヴァレリウスの心話が、魔道師部隊のなかにいっせいにひびきわたる。

(はい!)

(下からどのような魔道の警戒網や、そちら側の結界、また仕掛けがあるかわからぬ。充分に、感覚をあらかじめのばし、ようすをさぐりつつ飛行せよ!)

(かしこまりました)

そして、さらに――

それは、ヴァレリウスのような上級魔道師くらいにならぬと、魔道師たちのなかにさえ、感じ取れぬものはいただろうが――

その、天がけてゆく魔道師部隊のさらにそのかなりうしろのほう、そしてさらにもっとずっと上のほうに、奇妙なものが漂っていた。

首のついた白い巨大な蛇のようなものである。ちゃんと、その首は、髪の毛のないつるつるの、眉毛も焼かれてしまった淫魔ユリウスの首に戻っている。その首のうしろあたりに、ひょいと、小さなしわぶかい老人のすがたが、灰色のマントに身をつつんで乗っかっている。

「重いよ。じじい」

ユリウスが飛びながら文句をいった。

「八百歳をこえてるくせに、何を食ってこんなに重たいんだよ。くそじじい」

「何をいうか。わしが飛ばせてやらねば、のたくることしかできぬ能なしのくせに。おとなしくわしを乗せていろ。豹頭王を見失うなよ。わかっとるな」

「知るか、そんなん。ひとを魔女のホウキ星代わりに使いやがってさ。そうでなくてもいたいたしい病み上がりだってのに。この、じじいの＊＊＊野郎、＊＊の＊の＊＊＊、＊＊＊＊じじい。変態」

「うるさい」

グラチウスの手首から先がいきなり、細いしなやかなオオカミ鞭に変化して、ぴしりとユリウスのなまっちろいからだをひっぱたいた。

「わあっ」

ユリウスは悲鳴をあげて、グラチウスを振り落としそうになる。グラチウスはあわてて淫魔の首っ玉につかまる。

「何をするんじゃ、この、くそ淫魔」

「何しやがるんだよ、このくそじじい」

わいわいと罵りあいながら、だがそれに気づかれることもなく、かれらもまた、ケイロニア軍の上空をすべって、クリスタルをめざしてゆく。

クリスタルへ、クリスタルへ——

ようやく、いまや、すべての動きが、そこにむけて、結集しつつあるようであった。

3

クリスタルへ――

風をまき、嵐をはらんで、豹頭王グイン率いるケイロニア軍の精鋭一万八千は、突き進んでゆく。

次々と斥候がはなたれ、神聖パロの魔道師宰相ヴァレリウス配下の魔道師部隊もまた、次々に偵察部隊の魔道師を繰り出して、いまやあやしき魔都、《魔道の都》と化したクリスタルへの偵察をくりかえした。

が――

「駄目ですね」

もう、あと三モータッドもゆけばクリスタル――

そのあたりまできて、いったん軍勢を停止させた、グインのもとに、ふわりとあらわれたヴァレリウスは難しい顔で報告した。

「何回も、魔道師の偵察を出し、さいごにはわざわざロルカ魔道師までさしむけてみましたが、同じです。かなり手厳しい結界が、クリスタル市全域に渡って張られています。——ことに、クリスタル・パレス周辺の警戒は相当にきびしく、このあたりはまったく、魔道師が近づくことも危険のような状態に思われましたので、ロルカ魔道師はそのまま引き返しました。——陛下のほうの斥候のご報告は？」

「それが、一人も帰って来ぬ」

グインのおもてもさすがにきびしくひきしまっている。

「最初に出したのは、進発と同時だった。そののち、あいだをおきながら、続けて十回以上、五人づつ送り出している。無事なのは、途中で、パロ軍の警戒網を発見して戻ることのできた半分ほどだけだ。あとのものはどうやら、見つかって切られたらしい」

「切られた——かどうかはわかりませんが……」

ヴァレリウスは沈痛にいった。

「いずれにせよ、クリスタル市内の結界は非常に強力です。これは、現在あちらにそれほど強力な魔道師が多数いる、というよりは、以前にキタイ王が張り巡らしていった結界を、いまいる魔道師たちが維持している、というようなことかもしれませんが。——私が幽閉されていたときよりは、確実に結界の力は低くはなっていますが、まだ、魔道師でない普通の軍勢が何ごともなく突破できるようなものではありません」

「その結界に知らずにひっかかるとどうなる」

「そこから先にすすむことができなくなります」

ヴァレリウスの答えは単純明瞭であった。

「結界は何段階かに渡って張られているようです。クリスタル市の一番外側、市門とその周辺のあたりは、まだ、『なんとなくいやな感じがする』程度、馬が怯えてあとずさりする程度の結界が張られていると思われます。それから、さらに市街地の内部に無理に侵入してゆこうとするとおそらく、馬のほうがさきに狂乱したり、暴れ出したりすることになりましょう。それから、《中州》のあたり――ここで感じられる結界は、私が逃亡できなかったクリスタル・パレスの内部からの結界と、同じとまでは申しませんがその三分の二くらいの強度をもったものです。ここでは、たいていの侵入者が、頭が痛くなったり、気分が悪くなったりして、立ち往生してしまうでしょう。万一中に入った場合には、外に出ることが出来なくなる――魔道師ならまっこうから結界の網にぶつかりますが、一般人なら、道に迷って何回歩いてもどうしてもゆきたいところにたどりつけず、疲れはてて倒れてしまう、というようなことになるわけです」

「これだけの大軍でもか。それは、あの《夢の回廊》とか、そういう精神をあやつる術のたぐいとは違うのか」

「結界は、そうしたものとは全く違います」

ヴァレリウスはきっぱりと答えた。

「これは、精神にはたらきかける術ではありますが、あやつるわけではありません。脳のなかに作用して、物理的にその中に入ったり、結界の外に出てゆこうとすることができなくなる、そういうしくみです。……非常に強力な結界が張られていますとたとえば、目の前にわたくしがおりましても、ひとは私を見ることができなくなります。見えたとたんに、それを私でないと思ったり、何かいやな感じがして目をそむけてしまうのでそこになにがあるかわからなかったりするようになるのです。これは私でも出来ます」

「それは、どのようにしたら破れる?」

単刀直入にグインはきいた。ヴァレリウスは唸った。

「結界を破るのは、強度によって簡単だったり、非常に困難だったりするのですが――これだけの広さにわたって、これだけ――一番の外側ではかなり薄められているとはいいながら、その広範囲にこれだけの強度で張っていられるというのはかなりの力です。ですから、この、もっとも外側の結界というのは、私の魔道師団の念で破れなくはございませんが、それをしたことによって、非常になんというか、こちらの念の強さをはかられたり、相手かたから利用されることになったりします。そうすると相手は、こちらの念では破れない程度の強さの結界を補強すればいいわけです。――もう、たぶん、さきほど通り抜けてきた、イラス川の支流がございましたね。あの橋のあたりですでに、かなりうすい結界が張ってあって、私たちがそれに気づかず通るかどうかを調べられていたと思います。結界の気配は感じましたが、それはもう、どちらにしても、そのまま行くしかありませんので、あえてご報告してわれわれが結界を破る術をしかけることはしないでそのまま通ったほうが得策と思い、そういたしましたが……」

「あの川をわたる橋の上にか。あそこでは特に何も感じなかったが」

「橋のまんなかほどで、ちょっと、なんとなく空気のかわるような感じはされませんでしたか」

「うむ……」

グインは考えこんだ。

「そういわれてみれば、そのような感じがしなくもなかったかもしれんが……」

「そのていどが、もっとも弱められた結界です。蜘蛛の巣のようなもので、それでも、まんなかにいる蜘蛛には、なにものが結界にひっかかり、通過したかはよくわかります」

「うむ……」

かれらは、ルーナの丘とクリスタルの丘のあいだをぬけてゆく、南クリスタルの市門と南西市門のあいだからクリスタル市に入る郊外の小丘のあたりで、いったん軍をとめていた。

もう、かなり前から、あたりには、森がきれ、一転して肥沃で美しい、クリスタル特有の、果樹のたくさんある田園風景がひろがっていた。

クリスタル市周辺は、パロのなかでももっとも肥沃でゆたかな土地であり、もっとも気候も温暖で、そして起伏もゆるやかで、緑の多い、たいへんに美しい地方である。川が多く、イラス川とその支流、ランズベール川をはじめとして、細い川は何本もあちこちに流れており、そこを結ぶ橋と、川べりのほっそりした木々が、広く見晴らしのいい田園地帯のあいだに点在し、美しい風景のまたとないアクセントとなっている。

そのそこかしこに村というまでもゆかぬ小集落の、ほっそりした尖塔を必ず一つはそなえた屋根屋根が見える。クリスタル周辺の建築様式は、農家といえどもかなり近代的なもので、これがマルガのかいわいまで下るとぐっと古典的な、カナン様式に近づいたものが多くなるが、クリスタル地方では、ほっそりした尖塔と、さきのとがった屋根をもつ、末広がりの建物、そして美しい前庭と石畳を張った車寄せ、という、貴族的な、ひなびた小宮殿のように見える富裕な農家さえもある。そのあいだに点在する、緑ゆたかな地面にはりついているかのように小さな赤レンガをつみあげた貧しい家々も、また、この美しい風景のあいだにあって、幹の白く優美な白クラムの木々や、丈は低いが美しいオレンジ色の実の群生が目立つ、生け垣によく使われるセラの木、すっくりと丈が高く下のほうに葉がなくてまっすぐなパロ杉の木などと組み合わされると、宮廷画家が美しい田園の風景として画材に好むくらいにも、おもむきある風景となっている。

「パロは、美しいところだな。ヴァレリウス」

グインが、低く、かたわらに、ちょっと宙に浮かんでいるヴァレリウスに云ったのも無理はなかった。

「ケイロニアにまさる美しい国はないと思っていたが、どこの国もそれぞれに美しい。ノスフェラスの荒涼たる大地もそれはそれで、非常に美しいと俺は思うが……」

「御意……」

「陛下」

ガウスが、遠慮がちに報告をもってやってきた。

「斥候たちのうち、警戒線の一番近くまで近づけたものが戻ってまいりましたので、話をききましたが、どうやら、斥候部隊はほとんど、奇妙な魔道の警戒網にひっかかって――一番驚いたのは、目の前でジュッと燃え上がって消えてしまった仲間がいたそうです。また、突然空中からあらわれたように見えた兵士に斬り倒されたものがいたとか。なんだか、あちこちにひどく奇怪な罠のようなものがあるようだ、と……斥候が怯えておりました」

「奇怪な罠――か」

グインは唸る。

「わかった。とりあえず、それ以上被害をいたずらに出すこともあるまいし、その上いくたび出しても、どうせ市内までは入り込めぬのだろう。もう斥候はしばらく出すのはひかえる。――一番近くまでというとどのくらいまで行けたのだ」

「南クリスタル大橋の半モータッドばかり手前までは近づけたそうです。そこから先にゆこうとすると急にいろいろなことがおこって――また、戻ってきたものがおかしなことをいっておりました。『クリスタル・パレスの方向が、なんだかもやにおおわれたようになっていて、よく見えません』と」

「それも、結界か、ヴァレリウス」

「まさしく」

ヴァレリウスはうなづいた。

「クリスタル・パレスの周辺はもっとも結界が強くなっていますから、普通人の目にも見えるほどに、そこだけがとざされた異空間になっているといってよろしゅうございましょう。……このちは斥候は、私ども魔道師部隊におまかせになったほうがよろしゅうございます」

「うむ。しかし、さて、どうしたものかな」

グインは、おのれの迷いを部下たちにきかれぬよう、ガウスにさりげなく人払いをいいつけると、ヴァレリウスをふりかえった。

「なかなかこの先の見当がつかぬ。このまま市中に突入すると、さきほどおぬしの云ったような結果になり、結界にはばまれて、この軍勢をもってしても場合によっては、クリスタル・パレスへ突入どころか、クリスタル市内で分断されてしまう、ということになりかねぬわけだな」

「それはかなり高い確率でそうなりましょうね。対策としては、こちらからも結界を全軍に対して張って、つまりケイロニア軍全軍を私どものバリヤーで包み込みながら、相手の結界に突入してゆくのです。つまり強攻策ですが、これは、結界の強度の勝負になりますので、こちらの結界より強い結界にぶつかると、そこで止まってしまいますし、そのときには、かなり敵中に深入りしている、ということになりかねません」

「レムス軍は、まったくなりをひそめているようだが――」

グインは唸って、ひげをひねりあげた。

「出て迎え撃たないのはまだしも、防衛線をひいてさえおらぬというのがよけい始末がわるい。きゃつは、全面的に魔道をもってのみ、我々ケイロニア軍を迎え撃つつもりなのか」

「正面から防衛線をひいて、世界最強軍たるケイロニア軍を迎えうつほどは、レムス王もばかではございますまいし」

ヴァレリウスは云った。

「それは、魔道をもって迎えうち、こちらに動揺が出たところを見計らっては兵を出して打ち懸かってくるほうが、はるかに、魔道王としては当然の戦法かと思います。そのためには、兵を出して陣をしく、というようなつもりはちょっともございますまい。――もし、そういうつもりがあれば、クリスタルまでひきよせなくとも、その手前でいくらでも戦場にかっこうの場所、むかえうつに絶好の場所はあったのですから。ルーナの丘にせよ、クリスタルの丘にせよ、兵をふせておいて、そこから一気にこちらのゆくてをふさぐ格好で攻め降りてくればよいのですから」

「ああ。だが、念入りに斥候をとばしても、そのへんにはまったく兵は伏せてなかった」

「はい。ですから、レムス王のほうは、あくまでもクリスタルに陛下の軍をひきよせてからがたたかいの本番と考えているのだと思います。――まして」

ヴァレリウスはちらと陰鬱な目で上を見上げた。

「まもなく、夜がやってまいりますから。……夜こそは、魔道にとっての本領を発揮するときである、というのはもう、おわかりになったとおりでございますし……」

「ああ」

グインはにがい顔をした。

「だが、赤い街道でそのままかさねて夜明かしするも、ここでするも同じだ。クリスタルに突入することだけは、夜にせぬほうがいいのだろうな――それともこうなれば、夜になろうがなるまいが同じかな」

「最終的には同じだと思いますが、夜にはやはり、ことにケイロニア軍のような素朴な人たちの心は不安にかられやすくなります。突入は明日の朝、とお決めになったほうが、無難かと存じますが……」

この場所からは、もう、いくつかの川筋にはさまれてけむっているかのようなクリスタル市街がよく見える。

それは、ヴァレリウスにとっても、ひさびさに訪れるなつかしいクリスタル市であった。

ここから見下ろしても、あまり高からぬこの丘の上からでも、《世界の宝石》《中原の美姫》——さまざまな名前で呼ばれるクリスタルの美しさはよくわかる。いくぶんもやにけむっているような——それが結界であったのかもしれぬが——風情が、いっそう、ヴェールにつつまれた美女のおもむきを、この美しい都に与えている。

ここから見れば、この都が、そのように、魔毒に見込まれた魔都である、などとは夢にも思われまい。それはいつにかわらず美しい石造りの都、かつて黒太子スカールがにくみ、クリスタル公アルド・ナリスが愛した、いくつもの塔をそなえた《七つの塔の都》——そして《中原の至宝》そのものである。

かれらは、いまそのクリスタルをとりかこむいくつもの丘のはざまの小丘の上にいて、クリスタルを見下ろしているのだ。クリスタルは、かなり広汎なひろがりをみせて、美しいまぼろしの蜃気楼の都のように、緑ゆたかなイラス平野のなかにうずくまっている。数々の尖塔——ここからさえ、その美しいシルエットが見てとれるほどの尖塔の群れがあちこちに見られ、ことに、ここから見える左半分、つまりはクリスタルの西側のほうには、きわめて、塔の数が多かった。——そちら側が、クリスタル・パレスのひろがりである。そこいら一帯はまた、塔のあいだに、濃い緑が多くみられる。そのあいだをぬうようにして、青い細い帯のような川のかがやきが見える。

その手前から右側にかけては、ずっと、塔の数は少なくなり、そのかわりに、ずらっとならんでまるで波のくりかえしのようにみえるいらかの群れが、赤っぽく地面を埋め尽くしている。右手、つまり東のほうにゆくほどに、緑らしいものはあまり見えなくなる。ヴァレリウスは、黙り込んで、そちらをじっと見つめていた。それこそは、因縁も深いあのアムブラ地区のある、東クリスタル区のあたりであった。

ジェニュアのほうにのびてゆく、北クリスタル区のあたりは、ここからではほとんど見えぬ。南クリスタルのゆたかな大きな家々のあたりでは、また緑がいちだんと濃くなっている。

白い切り出した大理石と赤レンガ、そして地面にしきつめられた石畳——

(帰ってきましたよ)

ヴァレリウスは、そっと、指輪に手をふれて、つぶやいた。

（とうとう、クリスタルの見えるところに。——クリスタル・パレスの見える丘まで、帰ってまいりましたよ……私たちは……）

「ヴァレリウス」

野太い声が、ヴァレリウスの思いを破った。

「突入は明日の朝とする。ともかく、ここで逡巡のさまをみせて、部下たちを動揺させたくない。明日は……クリスタル決戦だ。たとえかなりの犠牲が出たとしても——敢行する」

「は……」

「その前にだが、今夜のうちに、俺も不慣れな魔道とのたたかいのことゆえ、集められるだけの情報を集めておきたい。それによって、どのように突入作戦を展開するか、おぬしにも相談したい。ゼノンたちにも、よく、このたびのいくさの実態がどのようなものになりそうかを説明しておいてやらねば、かれらこそ——もっともとまどうだろうし、それに、市街に突入してしまえば、こうして街道筋にいるときのように、一気に伝令網で話を通じることが出来なくなる。たとえ魔道師たちの力を最大限にかりるにしても、あいだあいだに建物があり、道がまがりくねっており、しかも相手は魔道王だ。——これだけの軍勢でも、分断され、寸断されてしまえば、あちらの思うつぼだ」

「御意」

「それゆえ、俺としても、よほど慎重に作戦をたててかからねば、いたずらに被害を出すだけになる。また、ずっとここまでの道中、馬車にしてもらって地図を見て検討していたが、クリスタル・パレスというのは、《中州》と呼ばれるふたつの川のはざまに、いわば独立したようなかたちになっているのだな」

「はい。ランズベール川とイラス川にはさまれた《中州》にございます」

「そして、ヤヌス大橋、イラス大橋、ランズベール大橋、といったいくつかの橋によってのみ、市中とつながっている。――ということは。この、クリスタル・パレスの聖王領に入るさいには、よほど連絡をうまくやらねば――軍勢のさばきをうまくせぬと……この大橋をとめてしまえば、それだけでもう、《中州》に突入した部隊と、こちらに残った部隊とは、連絡をとることが不可能になってしまうということだな」

「そのへんは、なんとか、私どもの魔道師部隊がおぎなってさしあげられるとは思いますが――しかし、あちらもそれは、魔道師も当然擁しておりますから、こちらへも魔道師どうしのたたかいがいどまれてくると思いますので……そうすれば、あまり、魔道師部隊の伝令だけを唯一の連絡係にした場合、それがはばまれたときが怖いということになりますね」

「そのとおりだ。だが、いずれにせよクリスタル・パレスには突入せねばならぬ。――

そしてまた」

「……」

「もうひとつの問題は、このようなせまい橋をいっせいにわたってこれだけの軍勢が突入するにさいしては、おそろしく時間がかかるだろう、ということだな」

「はい」

「いっぽう退却するにもおそろしく時間がかかる。――これは、しかし、確かにレムス王としては、外に兵を出してむかえうつことなど、するわけがない。ことに魔道をもって、クリスタル・パレス全体を魔道の要塞のようなものとすることが出来ているのだとしたら、そこにわれわれをひきこむのこそ、かれらにとってはもっとも有利なたたかいということになる。――つまりは、ここにくるまでの、《夢の回廊》にせよ、さまざまな仕掛けは、すべて、ケイロニア軍をクリスタルにひきよせるための餌、罠だった、ということかもしれんな」

「すべて、とは申しませんが――おそらく、かなり、そういう部分もあったのではないかと」

「だが、突入はする。せぬわけにはゆかぬ、ここでこうしていたところで、いくさに勝利をおさめることはできぬからな」

グインは簡単明瞭にいった。

「それも、クリスタル市内ではなく、クリスタル・パレスに突入せねばならぬ。――まあ、ただひとつ――すべての兵士が俺であったらよかったのだがな。だがそんなことはいってもしかたがない。ヴァレリウス、おぬしはクリスタルの生まれだ。クリスタルには詳しかろう。やはり、クリスタルをおとすには、南から入るのが一番いいと思うか。それとも多少まわりこんででも、西から入ったほうがよければ兵をわけてもいいが――このさいはだが、あまり兵をわけてあれこれとくだくだしい作戦をたてると、かえって、魔道王の手のうちにひきこまれるような気がしている」

「正確には、クリスタルの生まれ、というわけではございませんが、長いことそこでだけ育って生活しておりますので……」

ヴァレリウスはひょいと空中に何かをひろげるようなしぐさをした。とたんに、そこに、クリスタルの精密な市街図があらわれた。

「おおせのとおり、西側、西クリスタルというのは、《中州》のなかでは唯一――かなり広い陸地に続いている部分でございます。しかし、そのかわりにこちら側には、騎士宮が防衛線をかねておかれ、西大門は騎士の門と呼ばれてもっともかためやすくなっております。また、いずれにせよ、結局この西側にしたところで、かなり西のほうのどこかででも、たとえばこのあたりまでまわりこんできて――」

ヴァレリウスの指が、空中に勝手にひろげられている地図の一個所を指し示すと、その一画が、ぽっと蒼白く浮かび上がった。

「そこから《中州》にせめこむとしても、結局イラス川を西クリスタル大橋でわたるか、あるいはランズベール川ならば、このへんの、イリス橋を渡ったりしなくてはなりません。──どこかで橋をわたらねばならぬのだと、どちらにせよ、どこで渡るにせよ、そこをおさえられればそれまでですので──まあ、それが、クリスタル・パレスが非常に防衛にむいた王城であるとされていた理由なのですが……ちなみに」

ヴァレリウスはほっそりした指さきで、騎士の門の外側をたどってみせた。

「かの黒竜戦役のときには、モンゴール軍は、やはりこの西クリスタル側から入り込み、それから南大門側にまわりこんで、一気に攻め込んで参ったのです。逆に、橋々の警固をさえしっかりとおさえてあればクリスタル・パレスが奇襲に衝かれることはありえない、と信じ込んでいたパロ側は、深夜に、モンゴール軍の大軍がイリス橋を渡ったことに気づかず、そのままふいをつかれることになったのですが──」

はるかな昔を思い出すように、ヴァレリウスは目をなかばとじた。

「まあ、いまでも、おそらくは、同じことがいえましょう。──つまり、攻め込むとすれば、一番いいのは、西側からである、ということでございますが」

4

「なるほどな」

グインは、ゆっくりと、そのヴァレリウスの前に浮かんでいる地図を見つめていた。

そのトパーズ色の目に、何かしだいに奇妙な光が浮かびあがってくる。

「なるほど。そうだろうな。大軍をもってこの橋で守られた《中州》に攻め込むためには、西側が一番広く、しかも橋が、パレスからはなれている。——一応、西大門には騎士宮があるということで、防衛の体制はできている。また、アルカンドロス大広場を有する東大門側には、さらに強力な聖騎士宮及びネルヴァ城が左右にあって、ただちに応戦態勢がとれる。——そして川に直面している北側はランズベール城があってこれが北側を守っている——どうした」

「ランズベール城でございますが、いまはもう、ございません」

ヴァレリウスは、ふいに、いまはじめて気づいたかのようにフードをはらいのけた。

「そうでした。——いまはもう、ランズベール城はございません。——先日の内乱の緒戦で、ランズベール城は焼け落ち、ランズベール侯一族は戦死してはてました。その後まだこの時日では、ずっと内乱が展開されていたのですから、ランズベール城のような大がかりな建物が再建されたとも思われません。――が、ただ……どちらにしても、ランズベール大橋で、川を渡らなくてはなりませぬから――それにこちらからだと、かなり大回りして迂回しなくてはなりませんから……わざわざ、南西側から、北へまわりこむことになるのですから、まわりこんでいるあいだに、必ずその意図は見抜かれてしまいましょうし――やはり、ランズベール城がなくなったからといって、北側から、というのはありえませんね。お忘れ下さい。つまらぬことを申しました」

「いや――」

グインは、ふいに低く云った。

「そうと決めたものでもないぞ。ヴァレリウス」

「え」

「もうちょっと、くわしい――こんどは、いま少し、拡大されたクリスタル・パレスの地図を見せてもらえるか、ヴァレリウス」

「はい」

ヴァレリウスが、いったん空中をなでるようなしぐさをし、それからまた何かをひろげるようなしぐさをすると、ふわりとまた、地図があらわれた。

「見事なものだな」

思わず、グインは賛辞を呈した。それから、手をのばして、その地図の一点を指さした。

「ふむ、ここだ。――やはりそうだな。ランズベール大橋側から入ってきたときには、、、、、、、、、、、、、、、、、ヤヌスの塔が、きわめて近くにあることになる」

「は……？」

一瞬、さしものヴァレリウスも意表をつかれた。

云わんとするところがわからぬ、というようすで、グインをいぶかしそうに見上げる。

だが、グインの目は、きらきらと激しい黄金色にくるめいていた。

「どうやら、ヨナの助けが必要になりそうだな」

彼は云った。

「ふむ。――これはさしものきゃつでも想像もしておらぬだろうな。――だが、きわめて大きな賭けであるのには違いない。……が、どちらにせよ、これはまともな戦いにはならん。こちらが二万で、あちらがよしんば五万が十万いたとしても、それは問題ではない――そうした、まともな戦いならどうにでも切り込みようもゆさぶりようもあるが、魔道などというおかしげなものをもってこられた日にはこちらには対応のしようがない――と、思っていたが……」

「はあ………？」

「敵が魔道ならば、こちらにも——切り札がある、ということになるな」

「な——なんでございますか……？」

ヴァレリウスは、いくぶん不安そうにきいた。

「何をお考えになりましたので……」

「まだ、ちょっとした思いつきにすぎぬがな」

グインはそっけなくいった。それから、いきなり、指をならしてガウスを呼んだ。

「ガウス。ガウス。——よし、伝令だ。今夜はここで夜営の態勢をとりつつ、最終的に明日の夜明けと同時にクリスタルに突入する。そのように全軍に伝えよ」

「は」

ガウスは、ひとことも聞き返さない。ただちに、伝令班を呼びに走り去る。

「それから、半ザンのちに、軍議開始だ。中隊長以上、全員本陣に半ザン後に集合せよ。中隊長以上だ。よいな」

「かしこまりました！」

「陛下」

ヴァレリウスは、いくぶん、心配そうに、馬のところに戻ろうとしているグインに追いすがった。

「陛下、何をなさろうとなさっているので……」

「まだ、ちょっとした考えだが――俺の場合、いつも、このようにして落ちてきた考えはたいていいいものになる」

グインはだが、なおも、ヴァレリウスに安心させようとはしなかった。

「だが、まだ時期のこぬうちに口に出してしまうと、多くの場合、あまりいい結果にはならぬ。ひとのおもわくがあまり早いうちにからんでしまうようになるとな。――といっても、おぬしを信頼しておらぬというわけではないが、ヴァレリウス。――それより、忙しくなるぞ。――明朝の突入までかなり時間があるが、そのあいだに何もせぬでいるというわけではない。おぬしにはちと頼みたいことがある。というか、俺はアモンが心配だ。せっかく、いまがアモンの弱りをつく好機ということでこうしてきたのだ。夜討ち朝駆けで、ちょっときゃつをおたおたさせてやろう。――そのためのグラチウスだからな」

「わしが、どうしただと」

いきなり、目の前に、グラチウスの首があらわれたので、グインは怒った。

「えい、その、首だけで出たり引っ込んだりするのをいい加減にやめんか。目ざわりなじじいだ」

「このほうが、空間を移動するのに手間がかからないんじゃもの」

　グラチウスは平然と答えた。

「からだごと移動したところで、用があるのはたいてい首から上だけなんだから、同じことじゃろ。──第一、こうするとえらく早く移動できるんだよ」

「知ったことか。見苦しいやつだ」

「まあ、そりゃ、おぬしが同じことをしたら、ただの豹の首があらわれたのと同じことになってしまうから、そう思うのは無理もないがの。わしの場合は、問題になるのはゆたかな知性あふれるこのわしの首から上だけなのだから、何のさしつかえもないんだよ。ヒョヒョヒョヒョヒョ」

「そんなことはどうでもいい」

　グインはうんざりしたように云った。

「お前と例の淫魔はあれだけ大きなことをいうからには、多少はこの、クリスタルの結界を突破できるのだろうな。どうだ」

「まあ、多少は……なんとかなるよ」

「明朝、俺は、全軍をひきいてクリスタルに進軍し、一気にクリスタルをおとし、クリスタル・パレスに突入するつもりだ」

　グインは簡単明瞭にいった。グラチウスは得たりとばかりうなづいた。

「結構結構。わしもまさに、それがよろしいと……」

「本当はいますぐにでも突入したい。だが、結界もかなり厳しく張られているし、それにこれから夜になる。魔にとってはかっこうの活躍の時間である夜に、不慣れな魔道の都に突入するというのはあまりに得策でない。だが、一方では、時間がたてばたつほどアモンがいたでから回復し、あらたなからだを手に入れてしまうだろう。同時に、そのために、クリスタル・パレスのなかでまた、いろいろと罪もない女性や少年の被害者が出るのではないか、と俺はおそれている」

「まあ、そうじゃろうな。あやつ失礼にも、おのれの新しいからだにするには、若ければ若いほどいいとほざいておるからな」

「アモンが回復するとどれほどの力を出すものかが俺にも読めぬし、お前もそれを恐れている。そこでだ」

「………」

「グラチウス、お前とあの淫魔とで、クリスタル・パレス――とはいわぬまでも、クリスタル市内部のようすを偵察してきてほしいのだ。そのあいだにこちらは明朝突入の軍議をかさね、準備万端をととのえる」

「なんじゃと」

グラチウスは目をむいた。

「おぬしはまた、なんというい度胸だ。おのれが何をいうているのか、わかっておるのか。——このわしを、天下の〈闇の司祭〉、ドール教団の教祖たるこの偉い偉ーいわしを、ただの斥候がわりにこき使うというのか、ええ？」

「ただの斥候ではないさ。もしもそれでアモンの回復を阻止できれば、それだけでかなりこちらの勝機は大きくなる」

グインはいっこうに動じたようすもなかった。

「お前は手を結ぶと約束した。——そして、ここではお前がいってくれるのが一番いい。あの淫魔はべつだんどうでもいいが、とにかく俺が知りたいのは、アモンがクリスタル・パレスにどのような罠をしかけているか、ということと——そして、レムスがクリスタル市内にどのように兵をふせ、どのようにむかえうとうともくろんでいるか、ということだ。それさえわかれば、アモンをやっつけてきてくれとまでは云わん」

「そりゃ、わしひとりの力にはあまるかもしれんよ」

珍しく、グラチウスが弱音をはいた。

「イェライシャでも援軍に呼びたいところだが、あいにくとあれは仇同士の上に、わしゃ、誰かと手を結ぶのは苦手でな。特に相手が白魔道師とあってはな。——わかったわかった。なんて、人使いのあらいやつだ。だが、ぬしのいうことには残念ながら一理ある。このまま夜、魔都に突入するのも、といって何のそなえもなく明日の朝一番に突入するのも同じくらいに危険じゃからな。わかったよ、何かけしからぬワナでもあったら、片っ端からたたきつぶしてくればいいんじゃろ。それより、クリスタル・パレスの内部のようすを調べてくればいいんだろ。やれやれ。こんな老人をこき使うなんて、なんという人使いの荒い豹だ」

　ぶつぶついいながらも、どうやら納得したのだろう。

　次の瞬間にはグラチウスの首は消え失せていた。

「い、いまのは、何でありますか」

　戻ってきたガウスが仰天して叫ぶのが、グインの耳に入った。急場のこととて、グラチウスもそれほど厳密な結界を張ろうともしないでそのまま消滅してしまったのだろう。ガウスが蒼白になって立ちつくしているのをみて、グインはかすかに笑った。

「案ずるな、ガウス。何が見えた」

「あの、あの……とてつもなく年取った老人の首が——そのう、首から下のない生首が陛下と……馴れ馴れしく話をしていて……それから、いきなり虚空に消え失せたのが……」

「心配するな、ガウス」

　珍しく、グインは声をあげて笑った。

「たいそう不気味だし、なにごとかと思うだろうが、あれはまがりなりにも味方だ。まあ、『いまのところは』味方だ、とでも云うしかないような奇怪な味方ではあるがな。

伝令は終わったのか」

「はい。まもなく、ゼノン将軍、トール将軍ほか、中隊長以上の指揮官全員、本陣に集結いたします」

「ご苦労。今夜の夜営は、天幕は不要だ。かがり火も場所が場所ゆえあまり大がかりなものはたくことはまずい。だが、松明と小さいかがり火はたいてもさしつかえないぞ。これも全軍に伝令をだし、小さいかがり火は全軍でたいて、丘の上に敵軍ありとクリスタル市民に気づかせておびやかしてやるように云え。――暗くなればいやでもクリスタル市内から、この丘のあかりは目にはいる。このあたり一帯が松明で埋め尽くされている光景をみせて、クリスタル市民を気の毒だが少し怯えてもらうことだ。伝令にそう伝えさせろ」

「かしこまりました」

ガウスは、どうもまだ、かなりあのグラチウスの首が気になってたまらぬようであった。

そっと、指と指を交差させて、魔除けのまじないをしてから、またあたふたと、伝令部隊長のほうに駈けだしてゆく。その顔にはまだ、かなり玄妙な表情が浮かんだままであった。

「この先、あやつも、ほかのものたちも、ふんだんにあれこれの怪異を見ることになりそうだな」

グインはつぶやいた。ヴァレリウスがうなづいた。

「それだけですめばよろしゅうございますが。――私も、グラチウスの監視に、同行したほうがよろしくはございませんか」

「いや、それはならん」

かんたん明瞭な答えであった。

「何故……そこまで、グラチウスを信用なさるというのは、あまりにも、きゃつの黒魔道師たるの本質を――」

「それはわかっている。いや、きゃつを信用しているわけではないさ。だが、ひとつだけとてもはっきりしているのは、『敵の敵は友』というこの真理だけだ。そして、どうやらグラチウスにとっては、アモン、というのは何があろうとも、これ以上力を持たれては困るものなのだな。だから、アモンをたおす、ということについてだけは、グラチウスもきゃつのあのこざかしいたくらみなどをめぐらす余地もないくらいに、必死になっている。それだけは俺は信じるというよりも、理解している。だから、アモンがらみのことであるかぎり、きゃつは裏切るも裏切らないもない、アモンと手をむすんで寝返るなどということは、まずありえんだろう。きゃつとても、生き延びたいのだからな。しかも、おのれでいっていたとおり、中原最強の黒魔道師のままでありたいのだから、アモンこそは、きゃつの現在の最大の敵であるはずだ」

「私も、それはそのように考えますが――」

ヴァレリウスは心配そうにいった。

「老婆心かもしれませんが……私は、グラチウスがアモンと結んで裏切る、というような心配はいたしませぬが、グラチウスが、思っている以上にアモンの力が強く――例の《魔の胞子》などを――あるいは、まさかグラチウスではいくらなんでもそのようなばかなワナにはかかるまいとすれば、それに類したもっと知られざるワナにかかって、知らず知らずにアモンの傀儡にさせられたり、あやつられたり、そのような可能性もあるのではないかということなのですが……」

「それを言い出したら、もう、グラチウスでさえ操られるのだったら、他の誰がいったところで同じということになるさ」

グインは笑った。

「大丈夫、きゃつはそこまではばかではない、それは俺は信じている。ともかくも、軍議だな。グラチウスよりも、むしろ、ゼノンたちにどのようにして、このたたかいが通常のかれらの知っているものとはまったく違う、ということを納得させるかが俺には問題だ。ことにゼノンだの、トールだの、ディモスだの、よりにもよってもっともケイロニア男の中のケイロニア男、というような連中ばかりだからな。きゃつらに、魔道との戦い、などというものを納得させるのは――納得させることは簡単だろうが、実感させるのは、ほとんど無理ではないかと思うぞ。かれらは一生、そんなあやしげなものとは無関係にやってきたのだ」

「それはでも、魔道の都といったところで、パロの貴族、武将たちとても、それほど大きな差はございません、似たり寄ったりだと思いますよ」

ヴァレリウスは苦くいった。

「それゆえ、手もなくキタイ王の陰謀にすなどられてしまったのだと思いますから。――それにしても陛下、陛下のそのお考えというのが気になってならぬのですが……」

「むろん、おぬしに頼むことがはっきりしたあかつきには、おぬしにもすべてをいって頼むさ」

またしてもあいまいにグインは答えた。

そこに、グインの召集にしたがって、ゼノンや、ディモスや、トールほか、その副官たち、ガウス、リュースはじめ、《竜の歯部隊》部隊の隊長たちなども続々と集まってきはじめた。かれらはみな、どうやらこれからのたたかいが、通常のものとはかなり違うことを悟っていくぶん神経質になっているようだったが、士気は一様に高かった。あの《夢の回廊》が、あれも魔道による攻撃であるときかされて、かなり仰天してもいたが、ようやくそれで、これからさきにはじまる戦いがどのようなものになりそうか、ということが、理解されはじめてきてもいたのである。

「陛下」

近習が膝をついて報告する。

「指揮官ご一同、中隊長以上皆様お揃いでございますが」

「わかった」

グインは、眼下にひろがるクリスタルの都に目をやった。

すでに、短い日が暮れて、クリスタルの都ももう、さきほどのようにはくっきりとは見えぬ。いや、その大半はもう、あっという間に夕映えのなかに包み込まれ、それからみるみる夜が落ちてきて、濃紺の夜闇のなかに姿を没している。そのあいまに、漆黒の河面がかすかに見える。

そして、あちこちで、あかりがつきはじめている——それが、まことに、平和な生活を送っている市民たちの、かしぎの火や、夜の灯りばかりであるとも思われなかったが、少なくとも、まだ一応、クリスタルの市街では、人々がそれなりにふつうの暮らしをしているところもあるのだろうとは思わせる光景であった。

「どうだ、ヴァレリウス。灯りの数などは」

グインは声をかけた。ヴァレリウスはうなづいた。

「かなり減っているようです。以前のクリスタルの夜景とは、こんな程度のものではございませんでした。ずいぶんとさびれている感じがいたしますし、それに何といっても──」

ヴァレリウスの黒いマントの袖があがって、左手の、クリスタル・パレスのほうの側を指さす。

「あれが、なんとも異様で」

「ああ……」

グインは、目を細めて、じっとそちらを見つめた。

さきほど、夕方のあかりのなかでは、もやもやと、おぼろがかかったようにかすんでいたクリスタル・パレスは、夜がおちたとたんに、異様な精気を取り戻したかのようだった。

全体が、半透明に、ほの白く、まるでゼリーで作り上げた、そのなかに白いあかりをでもいれた建物の模型でもあるかのように、ぼうっと、クリスタル・パレスの一画だけが、すでに暮れかけた闇のなかに、あやしく浮かび上がってみえている。

指をふれたらぷるぷるとゼリーのようにふるえそうな感じさえする──尖塔のさきのほうまでも、半透明の白いゼリーで作ったもののように半分すけて、そしてもやもやとした、さながらエンゼルヘアーを全体にかぶせたかのような奇妙な眺めになっていた。

そのあたりは、あかりがさかんにともっているというよりは、建物全体が、ぼうっと浮かび上がっているヒカリゴケでつつまれてでもいるかのようにみえる。それは異様な眺めであった。

「あれが、クリスタル・パレスか——」

かすかなつぶやきが、ヴァレリウスの唇から、思わずもれた。

「あの、ぶきみな建物が——みるからに、魔の棲家、とでもいったあれが……」

「まるで、あの建物全体が、ひとつの生物ででもあるかのようだな」

グインはうなるようにいった。

「確かにあれは尋常ではない。——あのなかに突入してゆくのはこれは、相当な勇気がいるな」

「はい……」

「だがやはり、夜に突入は避けておいてよかった。昼間のうちに見ていたときよりも、いちだんと、あやつ、ぶきみなすがたに見える」

あやつ——

まるで、クリスタル・パレスそのものが、生ある怪物ででもあるかのようにそう呼んだグインを、ヴァレリウスはなんともいえぬ目でじっと見つめた。

「まあ、いい。俺はいつでも、絶対に不可能だと思うことにばかりたちむかい——そして神のご加護により、それをなんとか可能にしてきた。今度もまた、そうなるだろう—

—そうならねば、そうならなかっただけのことだしな。よし、軍議だ——ゼノンたちに、おぬしからもいろいろと説明してやってほしいことがあるのだが、きゃつらはおぬしのいうとおり、北の国の人間だ。それもきっすいのケイロニア人ばかりだ。魔道の話などはさぞかしめんくらうだろうから、根気よく、わかりやすく、かれらでもわかるように説明してやってくれぬか」

「それはもちろん、わたくしで出来ることでしたら」

ヴァレリウスは云った。そして、すいと身を浮かせた。

グインは、大股にすでに歩き出して、将官たちの整列している前に歩み寄っている。

「皆、揃っているな」

「そこに座れ。床几を持っているものは使うがいい。多少、軍議が長引くかもしれぬゆえ、楽にしてくれ」

「はッ」

「さて、我々はついにクリスタル市街を一望のもとにおさめるこの小丘までたどりついた。ついに、最終目的地クリスタルを爪のあいだにつかみとる位置までやってきたのだ。そして、すでに伝令が告げたように、夜の奇襲をさけ、明朝夜があけると同時にわが軍はクリスタルに突入する——」

「陛下！」

ふいに、ヴァレリウスのするどい声が、グインの声をさえぎった！

「陛下、結界が破れます！」

「何だと」

反射的に、グインは飛び退いた。

剣のつかに手をかけたまま身構える。つどっていた将官たちの口から、驚愕と恐怖の悲鳴がおこった。

いきなり、目の前で、暗い夜空が裂けた！

そして、そこから、どさりと、異様なものがなにものかの見えない手で投げ落とされたのだった！

「ああっ！」

誰かが金切り声の悲鳴をあげる。

「こ、これは——一体！」

「これはなんだ……」

どさり、と——

高い空からころがりおちてきたもの、、は、空気を裂くするどい音とともに地面に叩きつけられた。

それは、びっくりするほど巨大な、人間の生首だった！

あとがき

というわけで……
ついに、「九十巻のあとがき」を書くことになりました。
九十巻ですねえ、あと十冊でとりあえず百巻ですねえ。もう百巻では「豹頭王の花嫁」にはならない、ということはほぼ確定しましたが、それでも百巻、というのはとりあえずの目安ではあったと思うので、「あと十巻」と思うとこれは、やはりなかなかに「おお、ついに九十巻台へ」という感慨というか、そういう思いはどうしたってありますね。まあ、そういうわりとメモリアルなキリ番の巻にしては妙なタイトルというか、チンケなタイトルというか、やや「グインらしくない」なあっていう感じもするのですが、それももう、ここまできちゃうとなんでもありかもなと思ったりしています(^^;)
また、タイトルがタイトルなので、あまりそれにふれていても結局ネタバレになりそうだし、いろいろと内容的にも「へえ」というようなこともあったりするので、あまり内容的なことにもふれられないし（爆）どうも、世間話してるか九十巻の感慨を語っているしかないかなあ、という感じがしてしまうのですが、それでもあの（爆）八十七巻、八十八巻にくらべたらずいぶんと書きやすくなりましたね。ネタバレといったところで、まあそれほどに本篇の展開に大きな影響をあたえるようなネタバレはないと思いますし。

九十巻ということは、ざっとめのこ算で数えても四百枚かける九十巻ですから、三万六千枚ですね。こんなにひとつ話を延々と書いてくるなんて、あほなんじゃないだろうか、という気がしてきましたが、まあ、たぶんあほなんでしょうね（笑）飽きもせず。まあ、神楽坂倶楽部の「毎日更新」も順調に二年半となり、あと半年で三年目に入るし、納豆とヨーグルトの朝ご飯は二年目をこえ、日録と日記はもう三十年をこえてるわけですから、やっぱりかなりの粘着気質の人間なんでしょうね。はじめるとやめない（笑）さすがに百巻まであと十冊ということになって、身辺がいささかあわただしくなってきて、いろいろと百巻記念の企画なども視野に入ってきたようですが、当人がもしかしたら一番けろりとしているかもしれません。なんか、書いて書き続けていたらここまできちゃったよ、というような感じで——百巻になっても案外、もしかしたらかえってけろりとしてるかもしれないなあ、というような気もしてきましたね。かえって五十巻だの、七十五巻だののときのほうが騒いだような気がします。まあ、最近の心境の変化とも関係あるのかもしれませんが。ここまできてしまうと、なんというか、滔々たる大河の流れに身をまかせている、という感じになるので、波もこようし嵐もこよう、晴れた日もあれば雨の日もあります、って結婚式のスピーチみたいになっちゃいますが、そのときそのとき一喜一憂していたことさえもなんだか遠い夢のように思われて、「あのときグインの展開にかみついてきたあの人たちは、いまごろどこでどうしているんだろうな」などとぼんやりと思ったりします。全然グインと関係のない世界にいっちゃって、「グイン百巻到達」の話を「よくまああんな下らない話を百冊も書いたもんだ」と冷ややかに思うでしょうか。なんとなく、そういってると「別れた昔の彼」みたいな気分になってきますが、うん、私はわりと、「別れた相手」に対してあまり恨みつらみというのはもたないたちで、けっこう懐かしく思ったりするんですけどね、大学のときの恋人とか、そのあとの彼氏とかね。そうでない人、ひとたび恨んだら金輪際恨みをわすれない、名前をきくたびに怒りと憎しみをあらたにする一生、とか、そういう性格ってのもあるのでしょうねえ。それはそれでずいぶん不自由なことだろうなと思いますが、そういう性格だったらそれはもうしょうがないだろうし。なんか最近多少頭が羽化登仙してきたのかもしれない（爆）いろいろなことがすごく「大したことじゃない」と思われてきました。まあ、八十七巻でひとつの山をこえて、一番乗り越えられないと思っていたものを乗り越えてしまったら、「すべては流れゆく」というサトリになってしまったのかもしれませんが（笑）というほどサトリ切れもしませんが……なんと恐しいことにね、最近になって「もしこれからまた、別の百巻ものとかはじめることになったらどうなんだろうな」なんてことをむらむらとほのかに（あくまでもほのかにですが（爆））考えたりするんですね。百巻は無理としても、せめて五十巻とかね……といったところで「夢幻戦記」だってまだ十二巻でまだまだ当分続きそうなんだし、その前にまずは「六道ヶ辻」六冊を完結しなくてはしょうがないとか、いろいろあるわけなんだけれども。なんかね、「まだ余力はあるのかな」なんて気がすごくしてしまったりするのが——怖いですね。なんとも怖いです。

しかし結局のところ、ひとがなんといおうと、どう評価しようと、毀誉褒貶がそのときそのときに応じてどう変わってゆこうと、「これを書いた」のは私で、それは私のものなのですね。それが受け入れられようと愛されようと愛されまいと、またそれに何の興味ももたぬ人がいようと、読んだこともきいたこともない人のほうがどれだけ多かろうと、それは「ひとのこと」で、私自身の人生にとっては「百冊の小説を書いて、完結させました。たくさんの人に読んでもらいました」ということは確実に存在するわけで——まあ、たぶん、それが本当の意味での「自信」というものなんだろうということが、最近の私にはようやくわかりつつあります。ずいぶん、本当の自信なんていう簡単そうなものをもつのに長いことかかったものだな、と思いますが、本当はそれが一番難しいのかもしれない。誰でもいい、同じことをしてみてごらんなさい、とほほえみながら言えるようなところにやっときた、ということかもしれません。ある人はエベレストにのぼり、ある人は素晴らしい交響曲を書き、ある人は四百メートルの世界記録を出し、ある人は武道館を客で一杯にし、ある人はジョン・レノンを暗殺し――そういうマイナスなものも含めて、やっぱりひとは「生きたあかし」を求めて生きてゆくのだということを、ここに及んでようやく、実感として感じているのかもしれません。これだけを必死でやってきたのなら、もっともっとずっと早くにそれにしがみついていたかもしれませんが、私の場合、「魔界水滸伝」もあれば伊集院大介シリーズも書き継いでいるし、ヤオイだってあるし、名付けたところの「東京サーガ」だってあるわけですもんね。でもいまになって、「やっぱりグインは私にとっては、最大のライフワークであり、モニュメントなんだなあ」とつくづく思っています。そこでただちに「じゃ、もう一本モニュメントをたててみられるかな」って思う自分がとても怖いというか、しんそこ救われないあほだとも思うのですが(笑)

実はちょうどいま、三年も飼っていたハムスターで、歴代でも一番の長寿だった「茶太郎」が息を引き取ろうとしているところです。というか、もういまかいまか、という状態で、いま見たらまだかすかに息をしていましたけれども、もう上の自分の部屋にも入らなくなったし、ものも食べなくなりました。実によく食べ、よく水を飲み、たいへん大きなゴールデンハムスターで、もう相当に老衰してきてよぼよぼ、という状態になってからも、もう駄目かなと思うたびにやっぱり出てきてもぐもぐとけっこう食べていましたが、ついに命旦夕に迫ったようです。これだけ長寿だと、さすがにたかがハムスターでも「大往生」っていう感じがあります。結局ひとの一生というものも、「自分が満足だったかどうか」で最終的に決められるものでしかないんだろうなと、ひとをそしったりひとのこと、世間のことにかまけて送ってしまう一生というのは、やっぱり、当人は若いあいだは何と突っ張っていたにしても、さいごのさいごにきて「自分は何をなしとげたのだろう」と思ったときにどう思うのだろうと、そんなことを思ったりします。このあとがきを書いている日がたぶん茶太郎の命日になるというのもそれなりの小さな因縁かな、などと思ったり。そう思ったので、関係ないことですけれども、ここに書いておきたくなりました。そうでなくても、このあとがきは私にとっては記念アルバムみたいなもので、読み返すたびに、「そのときの自分」があざやかに思い浮かんだりしますもの。皆さんにとっても、そんな「思い出のよすが」になってくれればいいと思ったりもしています。さて、いよいよ次は九十一巻、その次が九十二巻、百巻はたぶん二〇〇五年の前半くらいになるのでしょうか。それまでに世界はまたどういうふうにすがたを変えているのでしょうか。それもまた誰も知るものはないのですね。見えぬ未来にいたずらに保証を求めたり、過去にすがったりするのではなく、やっぱり私は「いまこのとき」の自分にひたすら忠実であれば、あとになって後悔することはないのだ、と信じています。たとえ「そのとき」が明日来てしまうとしても、です。

　ということで恒例の読者プレゼントは春日暸子さま、竹内勝代さま、三牧修治さまの三名さまに。百巻の読者プレゼントってどうなるのでしょうね。なんだか考えてしまいます。

　では、また二ヶ月後にお目にかかりましょう。もう入稿してると気楽にそういえていいな（笑）あ、とうとう雨が降ってきました。

二〇〇三年五月八日（木）ＰＭ００：１５

著者略歴　早稲田大学文学部卒
作家　著書『さらしなにっき』
『あなたとワルツを踊りたい』
『星の葬送』『夢魔の王子』（以
上早川書房刊）他多数

HM = Hayakawa Mystery
SF = Science Fiction
JA = Japanese Author
NV = Novel
NF = Nonfiction
FT = Fantasy

グイン・サーガ⑩

恐怖《きようふ》の霧《きり》

〈JA723〉

二〇〇三年六月　十　日　印刷
二〇〇三年六月十五日　発行
（定価はカバーに表示してあります）

著　者　栗《くり》本《もと》　薫《かおる》
発行者　早川　浩
印刷者　大柴正明
発行所　株式会社　早川書房
郵便番号　一〇一 - 〇〇四六
東京都千代田区神田多町二ノ二
電話　〇三-三二五二-三一一一（大代表）
振替　〇〇一六〇-三-四七七九九
http://www.hayakawa-online.co.jp

乱丁・落丁本は小社制作部宛お送り下さい。
送料小社負担にてお取りかえいたします。

印刷・株式会社亨有堂印刷所　製本・大口製本印刷株式会社

ISBN4-15-030723-7 C0193